KB211769

내 모습 그대로

시 · 수필 · 소설집

내 모습 그대로

채 성 수

도서출판 책마루

작가의 말

나는 1932년 4월 18일 경북 경산 하양에서 태어났다. 그곳에서 어린 시절을 보내면서 처음 깨달은 것이 있다면 우리나라는 불행하게도 우리글, 우리말을 한 마디도 못하고 족쇄에 묶여 있었다는 사실이었다.

나라를 잃고 우리말마저 잃어버린 생활을 아홉살까지 해야만 했었다. 1945년 8월 15일 해방을 맞이하자 모든 사람들은 해방의 기쁨으로 징치고, 꽹과리 치면서 이제는 우리의 날이 왔다고 좋아했더니……

아아, 이 무슨 비극적인 일이란 말인가?

1950년 6월 25일 일요일 아침, 나는 알 수도 없고, 이해할 수도 없는 남북이 서로의 가슴에 총부리를 겨누는 동족상잔의 비극적인 전쟁이 일어나고 말았다.

남북이 갈라서게 되고 북한은 북한대로 남한은 남한대로 각각의 길은 걷게 되었다. 폐허 속에서도 우리 국민들은 열심히 일해서 점점 윤택해져 가는 나라를 만들어 가는 중에 4 · 19, 5 · 16, 5 · 18······, 수출탑, 월남전쟁 등등······ 그래서 내 기억 속에는 좋은 기억보다는 나쁜 기억이 겹겹이 쌓이는 것 같았다.

그래서 그동안 살아오면서 느낀 생각들을 간추려 늦은 나이에 한 권의 책으로 묶어보고자 한다

2015년 12월

부천에서 채 성 수(蔡聖洙)

목차

2부(수필)

고향 원두막 이야기

3부(소설)

해방탈출

1^부

겨울이야기

돌멩이

보석 밑에서
대접 없이 산다

한길에서 매 맞고
어디에서 왔느냐
족보를 봐야지

아마
금강산이 개골산일 때이지
마음에 들면 끌고 가고
궐사에서 놀고요
참말 너는 참말 돌이구나
태고 때부터 인가요
때 만나면 궐사에서 놀지요

겨울 나들이

주인보다 앞서 눈 자국 만든다
멋쩍게
버스만 쳐다본다

정류장에서 만난 삽사리
나보다
손 주머니에 곁눈질한다

제기지* 않는 날까지

제날 찾지 못하는 이들 때문에
나랏일이
제기나 머식해야 거식하지
워낙 머식하니 거식할 수가 있나

남도 북도 아니요
제기지 말았으면
이제 날개를 펴고 오가고 있지
앞을 보고 노래 부르자 제기지 말고
우주의 선망이 될 때까지

*재기다 : 보채다, 재촉하다 의미의 사투리

병원 가는 길

가로등 가로수 사이에서 숨바꼭질하고
은행나무 노랗게 익어가려하면
학생들의 옷 색깔 물물이 바뀐다
부녀들의 옷소매도 길어진다

병원 가는 마음은 웃으며 울고
버스 창에 비치는 등산객 보면
고운 산 가을 풍경 눈에 들어오고
골짜기 물소리 태고를 헤아린다

병실에 들어서니 아프다던 할망구 웃는다
어제 입원 후 한번 약 먹었는데
그제나 이제나 같은 광대
이번만은 확실하게 옛 모습 찾았으면
온 가족 즐겁게 새 세상 찾았으면?

겨울 산고개

겨울이구나
좁다란 산길에 흰 눈이 곱게 쌓이면
이 작은 내 마음 어디로 갈까?

바드득 바드득 자취 남기고
입언저리 한 모금 흰 이슬 맺을 때
서산 멀리 해 떨어지니 몸이 덜덜

부부끼리인데

말하려니 두렵고 아니하자니 숨 막힌다
속에 것을 털려 하니
"남자가 무슨 말이 그리 많으냐"
마음에 있는 뜻을 표현하는 것이 말이라면
말하면 정情 가고
정이 가면 웃음도 올 텐데!

말이 오가면 친해지고 친해지면 지척咫尺이 되고
말하는 것이 싫다면 지척도 천 리가 되지

글로 말로 뜻을 밝히는 것이 인간이라면
인간은 웃고 울고 짜증도 많다
속내를 까밝히는 것이 어찌 그리 어려우냐?

말 말 말 말 딱 한마디가~

말 한마디가 그렇게 당신을 아프게 했느냐!
당신 위한 말인데!
당신을 위해서 한 말인데!

말하자니 말 많다 하니
말 안 하고 살자니 어렵고 싫구나, 싫구나
더 암담하다

가로수

가을비 오더니만
노란 은행나무잎 손에 손잡고 내려온다,
쏜살같이 달리는 차들 따라
아이들같이 달음질도 쳐본다,
사람에 밟히고 차에 시달려도
빛깔만은 좋지 않은가

가을비가 오더니만
길바닥 은행나무잎 수를 놓았네,
나무 밑에 엎드린 차등 위에
처네*를 걸친 교녀 같구나,
은행나무 저 너머 아파트
고운 치마 입은 듯 그림 같구나

가을비가 오더니만
은행나무 가로수 좋은 짓 하네,
길 가던 뭇 나그네 마음 적시고

가다 멈추고 몇 잎 손에 주워들고
뱅뱅 돌려보고 앞뒤를 눈짓한다,
두고두고 이대로였으면

가을비 오더니만
노란 은행나무 빛 거리를 덮었네,
청소하는 아저씨야 마음 상하지만
빛깔 두고야?
검붉은 벗나무야 장단 맞추듯 같이 뒹굴고
바람 따라 춤출 땐 노랑나비 같구나

가을비 오더니만
아파트 화단에 노란빛 고요히 내려놓았네,
엄마 손잡고 유치원 가던 어린이
한 잎 집어 든다,
"엄마 참 곱다" 은행나무 마음도 너와 같을까,
나무 쳐다보는 엄마

옛 추억 되새기는지 느린 걸음 만든다

*처네 : 이불 밑에 덧덮는 얇고 작은 이불. 겹으로 된 것도 있고 솜을 얇게
둔 것도 있다.

사랑의 깊이

사랑하는 사람과의 거리 말인가요
대부도와 제부도 사이
그 거리만큼이면 되지 않겠나
손 뻗으면 닿을 듯,
그러나 닿지 않고 눈에 삼삼한
사랑하는 사람과의 깊이 말인가
대부도와 제부도 사이라네
가득 채운 바다의 깊이만큼이면 되지 않겠나
그리움 만조로 가득 출렁거리는
간조 뒤에 오는 상봉의 길
개화처럼 열리는 제부도 연인들이여
그 바닷가에 가서 바라다보자
한 사람은 대부도가 되고 한 사람은
제부도가 되어보자
썰물이거든 그리움의 넓이를 재고
밀물이거든 기다림의 깊이를 재보자
꽃피듯 열리는 길을 따라 그 섬엘 가보자.
사랑이란 물건의 실측도면이 나오려니

독도 1

동해 저 멀리
해 뜨고 지는 날까지
창해를 보고 섰으니
독도라 하는가

나는 창세부터
울릉도가 큰집이고
종갓집도 있는데
36강도*들이 나까지 넘보더니
화가 난 파도여, 갈매기들이여
큰집 형님들이여

*36강도 : 36년간 일제 강점기

독도 2

밤이면 별빛 달빛이 있어요
햇살 수평선 끌 때
파도가 햇볕조각 나눠 갖는 섬이랍니다

센 바람은 있어도
새 바람은 없어라
쉬어가는 새들은 둥지를 틀고
물풀 고기들은 대를 잇는다
옛날 그 옛날 그때부터
울릉도 형님들은 걱정을 하고
종갓집 어른들은
아예 여기서 밤을 새움이다
독도라 하지 마오
외롭지 않아요

독도3

깎아지른 바위틈에
꽃잎 내밀고
새들 둥지 틀면
바람 친구들 발이 더디다

새끼 새들이 날갯짓할 때면
금방 먹구름 비 가져오고
바위섬
목욕하고 일광욕한다

바람 파도 잔잔할 때
큰집에서 손님 오고
오르내리는 숨소리 가빠지면
파도 소리 새소리 드높다
눈이 오려나
그 옛날이나 지금도
펑펑 내리고 부딪쳤다

도둑 지키는 아저씨
집 생각나지요
찾아주는 이 없어도
새들은, 새들은
거품 머금고 부서지는 파도여
그래도
태고의 인연을 어찌하겠느냐.

창문窓門

꽃피고
천둥 치고
곱게 색칠하더니
벌써 눈 발자국이냐,
화폭畵幅은 그대로인데……

그 고개
– 늙는 고개

섶 살이 끝내고
고향을 찾는다
잡풀 돋아난 섬돌 밟아보니
단군 할아버지부터……

모난 돌도 둥글게 되었구나
해 갈수록 골만 깊어가는 그 날을 생각한다
오를 때 숨차고 내려올 때 겁이 난다
주름이 늘기 전에 사방을 살펴야 하는데
그 고개 터 해 떨어지면
남은 것은 후회뿐이다

높은 산도 옮기고
구름도 잡을 듯하더니만
그 고개 대적할 놈 한 놈도 없더라,

그래도 그 날까지 그 날까지

정치인

전략 전술만 있지, 진심은 없다
금방 탄로 날 텐데
땜질만 급급하다
너무 많이 땜질해서
곳이 보이지 않는다, 밉다

땅은 정직하고 이치가 있다 하던데
콘크리트로 숨통을 막는다
오늘의 짱은 무엇이냐
말장난 때문이 아니더냐

우리에게 오랜 전통이 있고
조화로운 국토가 있으며
부지런한 창의력 있는 국민이 아니던가!
내 앞도 가리지 못하는 선량들아
이제 말잔치 그만하고 제대로 해보자

봄 동산

막 벗기는 살 내미는 봄 동산
기지개 켜고 밀고 일어선다
무명이 이름인 양 여기저기서
참고 있었나, 끊어진 맥이더니

땅에 적신 물방울 가지에 닿고
그것도 순간인가? 잎에 물오르니
죽은 듯 지키던 빛깔, 봄 빛깔로 바뀌는데
오솔길 등짐 지고 산 사람 간다
겨울 잠꾸러기 같기도 하고,
깨기 싫어 미련 대는 봄 동산이지만,
실핏줄 이어지면 골짝마다 뭇소리
가벼운 발 옮기며 웃음 친다, 손가락 친다

동지冬至 팥죽

대설과 소한 사이든가요
동네 점순이도
어머님도 뿌렸지요
마구간 디딜방앗간에도……

허겁지겁 찬물 마신다
급히 삼킨 찰 새알은
눈물 왈칵 쏟으며 휴……

솜이불 두른 독에
국자 드리운다
시장판에 할머니 금년은요

6동 101호 화단

아침 창문을 연다
노란 노래 붉은 노래
바람 반주 맞추어 합창하는가
키 큰 나무는 테너 성聲이고
작은 꽃들은 춤을 추니
가~이 장판場版이로구나!

분홍차림 흰 단장
변두리 나무들은 강강수월래
길쭉한 나무는 독창을 하고
저~쪽 꽃 풀들은 구경꾼인 듯
연화대蓮花臺가 여기인가?

향내 나는 라일락
사철나무 감나무 악수를 하고
백합 앵두는 웃음 지으며
그 가운데 취나물 손뼉을 치는 듯
너희의 조상은 어디에서 왔느냐?

오일장

꽃 등불 밝혀가며
엮어가는 가마니
쿵더쿵 치고받고 밀고 당기고
오늘은 장날

한 나흘 모은 가마니 등짐 메고 지고
그래도 오늘은 신바람 났네
생선 한 마리 신 한 켤레
마음속에 다지고 통을 센다

날이 샘과 같이하여
무겁다 힘들다 말하지 않고
철모르는 아이들같이
이십 리 두 마장 길도 멀다 않고
쉬엄쉬엄 헐떡이며 장으로 간다

그러나

어허, 좋을시고 술 한 잔
콧물은 달랑달랑
떴는지 감았는지 길은 보이는지
갈지자걸음은 양반일세
흙구덩이에 넘어졌는가
수렁에 빠졌느냐
이슬밭 삽살개 모양이어라

지푸라기에 묶어 매단 고등어 한 손
흔들리다 못해 떨어진 지 오래다
그래도
찾아온 집 채 못 와서
지게 눕혀 베고 누워 코를 고는구나

아리랑 서곡
– 늙은이

뭇 아리랑 다 모였네
젊어서도 아리랑 늙어서도 아리랑
멀리만 느껴지는 어제 같은 아리랑
벼리 노릇 다한 황혼의 아리랑

고집과 용서는 다 어디 두고
긴 한숨 내쉬는 오늘의 아리랑
그 무슨 고개 아리랑 고개일까

높은 산 낮은 골 다 보았지
마른자리 진자리 그것도 보았지
그래도 내 마음 쪼지 못했네
늙어서 쪼려니 아리랑 고개일세
이제라도 즐겁게 아리랑 고개
인사하고 웃고 못다 한 것 채우고
자식보다 더 좋은 대접 받는 아리랑
승강기부터 사무실 강의실 강당……

복지관의 아리랑 행복 주는 곳
예~헤 좋을시고 아리아리 아리랑

친구들아

어제는 성했지 오늘은 뒤돌아보니 한 사람 지워진다,
지나온 발자국 숱하게 많지마는

세상 섶길 따라 여기까지 쫓아왔지,
얄궂은 생떼 바람 내리막길 막는다,
굳고 마른 가지에 잎이 될까요,
힘주어 달리고 싶다 마음대로 되야지

옛날 수첩 속에 빛바랜 친구들아,
얇아지는 수첩 보니 감회가 길다,
겨울 앞에 둔 딱딱한 방석에서……

성추省楸

훠이 훠이
새 쫓는 소리 들린다
예나 지금이나 벌은 황금 물결인데
저 끝에 아파트가 보인다

어정칠월 동동팔월
추석秋夕 전에 성추省楸하고 할아버지 뵙고요

낫 들고 갈퀴 메고 선산으로 가세
참외, 수박 지나 밤, 대추 만납니다

들새 산새 환영 받으며
한 줌 두 줌 풀 베던 손들고 보니
할아버지 웃으시네!

대합실待合室에서

차창에 비치는 한 젊은이가 있었다
무릎 앞에 낡은 비닐봉지를 놓고
봉지 속엔
과자부스러기 아니 책, 때 묻은 옷……

대합실 나무의자에 앉아
날 지난 신문지를 뒤적인다
끼니를 잃었나
젊은데! 주름살은, 혈색은 왜냐

몇 줄의 전차는 소리 내어 지나가도
심중에는 없는 듯하다

머무는 그의 눈동자
신문 어느 구석에다 초점을 맞추느냐?
몇 자의 글줄에 희망이 보이느냐?
아니면

안식安息도 보이느냐
삼세三世 어느 때고 원망이 더 클 텐데

겨울이야기

두껍게 얼어붙은 겨울이구나!
좀처럼 해토 되지 않을 듯
혹시
우수 경칩에나 풀릴까
동상이 무서워 꼼짝 못 하는 어른들
지금은 무엇을 하나

험상궂은 마을이었다
짓궂게 동네를 제멋대로 거만하게
꾸미던 그 많은 조무래기는
이제 무슨 짓을 하고 있을까

해동될 때까지 구석방 차지하고 있는
어른들도 있었다
쳐다보고 내려다보아도
우수憂愁 이 강산은 언제 깨려 하는지!

과수원의 봄 1
– 옛날 과수원에서 일하던 광경을 생각하며

물방울 흙바닥에 꽃무늬 만들 때
풀싹이 돋고
남은 서리 쫓기어 자취 감출 때
능금 꽃봉오리 부풀러 온다
뻐꾸기 첫울음 시작할 때면 푸른색 들판을
일판으로 만든다

경운기 분무기 바삐 움직일 때
온들 가득 능금 꽃은 피고요
노고지리 하늘 높이 노래 부르면
어머님 한숨은 길어집니다

탱자나무 울타리 과수원 안엔
이웃 품꾼 나란히 밭고랑 타고
손발도 분주하나 뉴스도 빠릅니다
길고 넓은 이랑을 다 어쩌지
하루해가 지평선에 걸릴 때면
머릿수건 오른손에 털어집니다

봄 벌들이여

부지런하게도 움직인다
이집 저집 찾아다닌다
소문만복래는 오늘만은 아닌데
내면의 환희는 같은 골인가

얻는 게 있어야
가치도 있지
천리天理의 참뜻을 누가 알리요
내 옆에 있어도 모르고
아랑곳하지 않는다
동무도 여럿이고 종종種種도 많다
옛날에도 그랬고 지금도 같은 행동이랄까?
화사한 춘절春節은 꽃 손 벌들 손뿐인데
괜한 손 만들어 나라 안이 분잡하다
여래如來들이여 이대로 두고 그냥 볼 수는 없느냐
찾아주어 반갑구면, 천연주天然住의 뜻을
믿으면서 헤치고

헤치고 손해 보는 나는 알면서
왜
멈추지 않는 것인지
봄이여 처녀 가슴 같은 봄이여
봄 같은 봄 같은……

휴게실休憩室 풍경

"앗다, 이 사람 장기 두는 사람 천당 갔느냐?"
"성질 한번 급하구먼"
"자 이렇게 하면 되지"
"어메! 졸 앞에 차車 가!"
"쯧쯧 그것은 아니여!"
곁에 앉은 훈수訓手 노인 한 말씀 한다
"다른 사람 가만있어 돈 내기여"
훈수訓手는 뺨을 맞으면서도……
"장군이야 장 받아라" 장기판이 들썩
"살살 좀 히여 귀먹은 사람 있느냐?"
누구나 몇 다발의 추억은 뒤로 한 채 말이다
지긋이 눈감은 이, 명상하는 이,
날 지난 소식지 몇 번 뒤적이는 이,
벌써 역사歷史입니다
"바둑이나 한판 하세"
"나는 안 할란다"
달가락 달가락 알통 만지는 소리 여기저기 들린다

졌노라 성질 부리는 이
젊었을 때 그 성질 아직 남았구나
"그것 봐! 내가 무어라 하더냐?"
뉴스, 개그, 고향소식, 일기예보 다 지나가는데
그 앞에 침 흘리며 고개 숙여
다른 세상 헤맨 지 한참이구나
해年 차이, 몸집 차이
주머니 차이, 건강 차이
아는 것知識 차이, 성질 차이
그러나
모두가 같은 늙다리
군자삼락君子三樂도 아니요
금석지교金石之交도 없는 이곳 아니런가
여기
말은 길어지고 이야기는 늘어가는 데
무덤덤한 하루 시간이
빌딩 위 저 너머 노을이 곱구나
복지관이 좋더라

산사山寺

연등 내 걸고
합장하여 무릎 꿇고 머리 숙이네
높은 곳에 앉은 어른 굽어보소서
하 많은 소원 다 들을 수야……
그래도 이것만은 들어주소서

부처님 고행길을 밟지는 못하면서
욕심이야
그래도 오늘만은 한 가지만이라도
엎드렸다 일어났다 몇 번이던고

향냄새 목탁소리 산골을 차지할 때
염불 소리!
누구 위한 기원인가? 나, 가족, 이웃, 내 나라……
하나하나 짚어가니 한이 없네, 그려
그 많은 제자
저마다의 희망이 무엇이더냐?
올 때는 소원 갈 때는 기쁨

화분

성수: "화분 가지고 가는 날이지"

수진: "그래! 응, 무거워서!"

성수: "그렇게 큰 거냐?"

수진: "일이 많아. 포클레인도 있어야지, 트럭도……!"

성수: "와! 큰 것인가 보지?"

수지: "아니야! 앞마당에 있는 50년산 참나무야."

수진: "그런데 너는?"

성수: "오늘은 안 필 것 같아."

수진: "언제?"

성수: "씨앗을 심었으니까 10년 후에나?"

수진: "너 나이가 몇이더라?"

성수: "잘은 몰라도 89살에나 화분을 낼 수 있을 것 같다."

5월

푸르구나, 푸르다 못하여 수정 같구나
꽃과 나비가 있구나
손잡고 쳐다보고 내려다보고 웃는다
5월이구나
들로 산으로 바다로
선택된 새싹들은 목청 돋우고
배를 두드린다
소녀 소년 가장도 있다던데

녹음방초 위 골 깊은 얼굴들
그도 거년去年은 있었는데
손잡고 가셨을까
계금 일모도원日暮途遠하구나
밭 갈고 김매고 했었지
그리고도 허리 휘고 그 고개 보릿고개를 넘었지
지킴이도 했었지 우국충정憂國忠貞
아직 카네이션 가슴은 쿵덕거리고

회상의 눈초리는 무겁기만 하다
어린이날 어버이날 스승의 날
민주의 날 부처님 오신 날
그다음
무슨 날 언제 어느 날인가?

관觀
– 설악 대명콘도에서

하늘 밑 까마득하게
울퉁불퉁 울산바위 구름도 머물고
가리키든 손 내릴 줄 모르네
오~ 조물주!
말 한마디 숨을 멈추고
넋! 놓아라
천연색 고마움 맥脈을 멎게 하고
가을이 좋아라
명념冥念한 이 시간을 누가 깨우리

선량한 옛 어른 참고 견디듯이
격전의 그 날에도 사고思考의 참담
골골이 품어 안고 침묵만이 자랑인가

오늘도 내일도 그네들은 온다
눈이 오나 비가 오나 한결같이 섰다
피의 비, 비의 피 흔적도 감춘 채

자유와 정의는 찾지 못했다.
몇 구비 더 지나야
나는 나, 너는 너, 산은 산이라 하겠구나

아직은 매상昧爽인데
안개도 올라가고 스님도 가네
여명의 목탁소리
악과 업의 사이인가
나무 바위 물 하니 골짜기가 부럽다
태고의 솜씨 자랑
여기 두고 하는 말인가
이 몸 여기 왔으니 끼워나 주시오
산이 좋아 골이 좋아 설악산이라네

산책

다람쥐 나무 줄 타고
여기에서 저 나무로
볼록한 잎 모습 가을을
머금은 듯
나무에 걸터앉은 저 노부부
하염없이 고개 돌아가네
약속이나 한 듯이 다람쥐 따라

오늘도 두 늙은이
자리 뜰 줄 모르네
산토끼 낙엽 사이사이
이곳에서 저 골짝으로
토실토실 몸맵시
가을인가 보오
산책하든 저 노부부
세월 짚어보는 듯
하염없이 눈 가네, 눈이 가네 토끼 따라가네

오늘도 두 늙은이
해 저무는 줄 모르네

오늘

눈발이 날리는
이맘때면
언제나
거년去年을 생각한다
다사다난多事多難했다고
늘 말이야
사연도 많은 해
양순했던 지난 해였는데
'아침마당 노처녀 이금희 말대로'
서경 APT 6동 101호
사연은 다 다른데
너 나 다를 것이 없어라
동東도 서西도 남南도 북北도
너도 나도 순자純者 되어
백의관음白衣觀音 하리라

Man is a thinking animal

자전거

유아길 –
따르릉따르릉 내가 타든 세발자전거
할머니가 밀어주던 그 자전거
어쩌다 형이 밀면 비틀거리고 넘어지고
동네 친구에게 뺏기어 울던 세발자전거

유치원길 –
떼쓰고 타고 가려는 유치원길
어머님이 밀고 당기고 턱진 곳은 들고 가지요
그래도
못마땅하여 땅바닥에 굴렀지
머잖은 유치원길 땀 흘리며 왔었지
어머님은 업고 들고 집까지 한숨 쉬던 길이네

중학교길 –
한발은 퇴화하고 두 발 되었나,
책 봇짐 등에 메고 엉덩이 들고 밟는다.

땀방울이 송송 그래도 신나는 두발자전거
교문 앞 근처 가로수는 내 자전거지기
그래
집에 갈 적 또 만나자 엉덩이 아파도 말이다

고등학교길 −
학교길 멀어지고 버스 타는 길
교문 앞에 묶어둔 남의 자전거 보면
코흘리개 내가 고등학교라니 말이다
둘이 타고 가던 친구 노래 부르고
어쩌다 지나가는 여학생 보면
입에 손대고 입바람 소리도 내었지

대학교길 −
대학 가더니만 사회인이 되었다
집 베란다 엎드린 자전거
옛날 같으면

멀다 가깝다 가리지 않고 탓 건만
타고 싶다, 가고 싶다 몇 번 외쳐도
옷섶 막혀 갈길 없네, 만져보기만 한다

분가 分家
– 1961년 7월을 생각하며

한 돌배기 아이 걸리고 또 하나 없고
금호강을 배 타고 건너네
쌀 한 말 등에 지고 큰댁을 돌아본다

청천역 차를 타고 보니 언제 다시 올꼬
대구역 오르는 계단 왜, 높고 길꼬
한 계단 두 계단 기어 내리니
차 손님 간데없네, 우리뿐이네
"예 이리 늦으시오" 역무원 하는 말에
층층이 서럽더라

남산동 섶 살이
영광아, 서럽게 불러본다
구멍가게 한답시고 영광이 잃었네
그놈의 병원 몇 군데 몇 번인고
돈 없으니 가네, 영영 갔구나
낯모르는 이웃 노인에게 죽은 자식 맡기고

무덤 없는 그놈 생각 오늘도 한숨 쉰다
마음 상한 남편놈
왜
집 나갔을까
마누라 상한 마음 어디다 두고

"영광아, 영광아 용서해다오"
이 아버지 이 잘못을 나도 가서 빌게

큰집 나올 때 하는 말
"보복하이소" 하더라

달구질
-처남 장례날

에헤야, 에헤야
달구질하세 군, 밥네여
이내 한 말 들어보소

세상에 태어나서 부귀영화 못 누리고
한번 죽음 못 면하니
삶, 죽음이 전재로다

여보시오, 상주님들
금옥 같은 그대 님을
달구질 하도 하니
절통하고 분합니까
내가 가는 곳도 여기랍니다

*달구질: 땅을 다지는 행위(달구: 땅을 다지는 도구)

겨울, 봄, 여름, 가을

자주 드나드는 역곡에서 안양,
오늘도
열차에 몸을 맡기고
의자 밑에 손을 짚어본다
따뜻한 온기는 몸을 녹이고
창밖의 흰 이불 세상의 이불
높고 낮고 작고 크고 가리지 않고 덮었네
세상의 무리들은 하나이건만
가졌다, 못 가졌다 무엇 때문인가

자주 드나드는 역곡에서 서울
오늘도 몸을 싣고
포근한 의자에 앉아 창밖을 본다
세상의 이불은 간 곳이 없고
노랑 초록 붉음 연두
제멋대로
세상의 모양 달라지건만

큰 도둑, 작은 도둑들
너도 이제 변하여라.
자주 드나드는 역곡에서 일산
오늘도
열차에 몸을 놓고 차창을 연다
폭염의 터널은 전차도 마찬가지
찌는 듯 더위는 숨을 막고
베잠방이 적시는 땀이 고약하구나
헐떡이는 전차야 일산은
어떠하냐!
빈자의 세상은 다를 것이 없어라
이놈들 정신 차려라

자주 드나드는 역곡에서 의정부
오늘도
전차에 몸을 의지하고
시원한 의자에 앉아 세상을 본다

산도 들도 시골도 도시도 가리지 않고
옷 갈아입네, 물들이네
바뀌는 바람 맛
시원도 하다
자연自然아! 무엇을 버리려고
몸단장하느냐

출근

여명이 오는 듯
그래도 꿈 자락은 무겁다
혹시나 잠을 깨울까 봐 마음 졸이며
어쩌나
살금살금 고양이 걸음으로
화장실 문을 연다
그림자 모양같이 따라서
살금살금 상 차리는 할멈
그 마음도 나의 마음
그것과 같아라
한 술의 밥을 뜨는 듯 마는 듯
자전거에 몸을 싣고
역으로 간다
목련화木蓮花는 피었건만 아침은 차다
하나둘 셋
훈련된 목소리는 아닐지라도
새벽을 여는 소리

가까운 산 위에서
그래저래 아침 시간은
항상 쫓기는 몸

무제|無題

세상世上 일이 전부全部 가식이다
진실眞實은 어디 숨바꼭질 하느냐
봄이야 이제 기지개 크게 펴고
솟아올라라, 힘껏 밀고 나오라
힘이 없느냐 아니면
누가 너의 맥을 꽉 쥐고 있느냐
그래도
너는 똑똑하게 양심적으로
뇌 안을 굴리고 있겠지
틀림없겠지! 진실眞實아

개나리

들녘에 울타리에도
무엇이 부러워 노랗게 피냐
봄의 선구자인 양
잎보다 먼저
너 잘났다 끝없이 피네
그래도
스쳐 가는 바람은 찬데

새색시 치마저고리 모양
길옆에도 피네
네 곁에 아이들은 조아리고
너를 헤어보네
그래도
품속에 바람은 찬데

한촌寒村

한적한 골목길 낙엽 구르고 웅계 담장 위 노래 부를 때 저녁연기 모락모락 하늘길 만든다

어머니 앞치마 방으로 재촉할 때 여물 썰던 아버지 가랑이 턴다, 털북숭이 삽살개 마당 '가운데서 안방 쳐다본다
나갔던 네 아이 이 집 종손들 헐떡이며 떠들고 손잡고 들어온다, 소담하며 저녁 먹는구나
구름, 이별
떨어지는 비 쳐다보고
밭고랑 논두렁 들녘 짚어본다

살림밑천 농사밑천 소 생각할 때
아이들 생각에 열 손가락 깨물어본다
당신 고생 많았소. 고맙소
눈꺼풀 내려온다, 등불 꺼진다, 장관도 아니요, 장군도 아니요, 백만장자도 싫어요, 졸부도 싫어요, 금의 단장도 고대 광실도 아니요, 양친 부모 모시고 이대로가 좋아요, 영영 이

손 놓지 맙시다

　꿈이라면 깨지 말고 이대로가 좋아요 형제구름 가족구름
두둥실 떠가는데 "얘들아 일어나라" 할아버지 말씀!

고향의 봄

두 팔 베고 푸른 들에 누워 하늘을 본다
흰 구름 두둥실 어디로 가는가?
노고지리 구름 타고 노래 부르네
실바람 귓전을 스쳐 지날 때
새소리 물소리 마음을 간질인다

토닥토닥 아낙네의 빨랫방망이 소리
물이끼 꼬리 치며 흘러가는데
피라미, 붕어, 잉어, 물방개까지
놀래서 흩어지네, 숨어버리네

보리밭 밀밭 바람 따라 고개 저을 때
어디서 애간장 녹이는 풀피리 소리
긴 고삐 말뚝 박아 소먹이는 아이들이구나
흰 연기 내뿜으며 멀어져가는 저 기차야
누굴 이별시키고 만나러 가느냐

물새 들새 제집 찾느라 가다 서다 하고
아지랑이 자갈밭 위 너울거린다
아이들 물장구치고 알몸 뛰노는데
수평선 위 저 너머 해가 걸린다
여봐라! 애들아 소들 새들…… 그리고

이랑 타고 흙 만지며 씨앗 뿌리든 손
아침이슬 저녁 흙먼지 젖은 베잠방이
얼굴 닦고 발 씻고 이 집 주인 밥상 드네
넉넉한 옛날 어른 지금도 그 인심

이 방 저 방 불 꺼지고 코 골고 잠들 때
집 지키는 마당 개 엎드려 눈 굴리고
닭들도 제집에서 골골 꿈꾸는가
온 동네 잠들고 별만 반짝거리니
오늘도 인제 그만 내일 또 보세

2^부

고향 원두막 이야기

부처님 오신 날

부처님의 제단마다 불 밝히고 합장합니다.

'마음 밖에서 부처님을 찾지 말고, 마음 안에서 법을 찾으라.' 하시더니만……

찾아도 보이지 않으나, 곧 먼저 와 계시는 부처님, 마음에 와 있는 부처님을 모르고 사는 이 미련한 중생입니다.

부처님은 이 시간보다 먼저 와 계시며 우리 말, 동작, 느낌 모두가 부처님의 뜻에 의하여 움직인다는 고마움을 잊어서는 안 될 것입니다.

부처님의 거룩한 뜻을 서로 나누고, 나누면 커지고, 나누어 가지는 순간부터 생활生活의 성공이요, 생명生命의 편안함을 얻는 날이 될 것이다. 나와 자연은 둘이 아니고 하나이며 부처님의 참뜻을 행하고 이웃에게 이바지하는 이 한몸이 되면 세상은 연꽃과 같이 우아하고 즐겁고 시끄럽지 않으며 진흙 속에서 아름답게 피어나는 연꽃과 같을 것이다.

세상 모든 사람이 부처님 오심을 즐겁게 가지면 남과 북도 한몸이 되지 않는다고 누가 말하겠습니까!

빛으로 오신 님, 사랑으로 오신 님, 구원으로 오신 님, '어린 생명의 부처님, 늙어가는 생명에 이르기까지 부처님의 존재는 영원 소중합니다.' 이곳에 부처님과 이별하고 다른 세상을 가야 하는 그들에게 그동안 부처님과 함께했으니 마음 놓으라고 하겠습니다. 공부하고 즐거운 곳에 부처님 더하고 힘쓰시고, 노력하는 곳에 부처님은 항상 받쳐 줍니다.

인연 닿는 곳마다 부처님을 찬양하고 발자취를 따르는 곳마다 세상은 은은하고 향기로운 곳이 됩니다.

시끄러운 곳, 그곳에는 부처님의 참뜻을 모르고 사는 곳입니다. 이곳의 부처님, 저곳의 부처님 하기보다 마음의 부처를 찾아야 하겠습니다. 내 세포細胞에 부처님이 염색될 때 이곳의 평화는 찾아올 것입니다. 노래하고 즐기고 연구하고 만들고 노력하는 곳마다 부처님이 와 계십니다.

연등 달고 부모를 생각하고 구원 원초의 생명을 추념
追念합시다. 등 달고 이웃을 눈여겨봅시다. 등 달고 어려
운 이웃에게 부처님의 참뜻을 찾아줍시다. 오늘만이 아니고
요……

법공양 제공양 힘써 할 때 내 마음의 편안과 이웃의 화합
이 함께 할 것입니다. 부처님의 거룩한 뜻 추호秋毫만큼은 알
수 있으나 노력하고 애쓰는 자에게만 부처님이 함께할 것입
니다.

보글보글 된장찌개

"어! 너희 왔구먼!"

"오랜만이다, 묵사발 되어 형체는 알 수 없어도 그 정신만은 콩에는 틀림이 없구려!"

"어 그래 너는 언제 이렇게 되었냐?"

파가 억울하다는 듯이 한마디 한다.

"나 콩은 가을철 들면서 털리고 매 맞고 삶기고 짓눌려 이 모양이 되었지."

"그러나 한때는 좋았다. 그 넓은 벌판에서"

파가 말한다.

"우리는 봄에는 봄 파, 여름이면 여름 파, 가을이며 가을 파, 시도 때도 없이 뽑혀 바닥에 묶여 말 한마디 못하고 형제들은 이곳저곳 팔려 갔단다."

"이봐 나도 여기 있어."

애호박, 풋고추, 버섯이 한마디씩 하는가 했더니 갖은 양념들이 열을 올린다.

"운명은 같은 배인 걸 어쩌나! 우리 소임을 다해야지."

"말하지 말라 그래도 여기서는 내가 향도 다 핵심이다."

누가 여기서 된장찌개 하지 파찌개, 마늘찌개 하겠는가? 고기 몇 점 멸치 몇 마리 들어갔다고 온 집안이 고기찌개 혹은 멸치찌개 하겠는가?

마늘, 고추, 멸치…… 너희는 보글보글 된장찌개의 조연자라 할 것이다. 나는 그래도 국민의 영양이며, 밥 도둑이라고 하는 찌개 중의 된장이니라. 나를 빼고 보면 국민이 함구하고 말 것이다.

그렇다고 너희의 바라지가 없다는 것이 아니고 한창 보글보글할 때는 시골부터 도시까지 코를 실룩이며 숟가락, 젓가락을 흔들었단다. 그래 이 민족의 활력소이며 국가의 원동력

인 부글부글 뚝배기 합창에 있다고 하는 것 옳을 것이다. 된
장찌개!

5월 산山

'5월은 푸르구나, 우리들 세상……' 하더니 곧 5월은 어김없이 우리 앞에 왔다. 짧은 이랑 넓은 밭, 갈고 엎는 농촌 일손이 바쁘고 다투어 싹이 돋는 흙 속도 분주하다.

5월은 봄과 여름이 동거同居하는 때라 그런지 하루가 다르게 만상萬象이 바뀌는 듯하다.

메마른 가지가 섧기도 하더니만, 푸르름을 다하여 산 길손을 시원하게 햇빛을 가리어 주고, 산새 들새 노래방 되어주어 잘도 노는구나!

어린이에서 노인에 이르기까지 5월의 꽃 잔치에 춤을 춘다.

오늘 수요일은 등산 가는 날이다. 무슨 계약이나 한 듯이, 아니 계약을 파기하면 큰 체면이나 손상되는 듯이 울긋불긋

한 등산복 차림과 배낭을 지고 산길을 오른다.

겨울은 겨울 등산, 봄은 봄, 여름, 가을 변화무상한 산길을 가려 하면 때 따라 그곳에서 반겨주는 풀, 나무, 돌, 바위들이 낯설지를 않다.

서울 대공원을 둘러싼 청계산은 어느 조물주의 귀재던가.

공원을 포근히 에워싼 모습이 마치 동물, 식물들의 어머니 품 안 같이 느껴진다. 어느 산 그렇지 않겠느냐마는 서울근교에 이렇게 좋은 산이 있다는 것은 도시민들에게는 더 없는 위안이 되는 곳이며 풍광이다.

그렇게 가파른 길도 아니요, 평지는 더욱 아니요, 좋은 오솔길이 있나 하면 힘주고 땀 닦으며 올라가는 언덕이 있고, 목마를 때 쉬어가는 옹달샘 터가 즐기기만큼 길을 막는다.

산 길손에게는 더없는 쉼터요, 이야기 마당이다
물 한잔 받아 들고 하늘 쳐다보니
뭇 나뭇잎 사이로 구름 띄운다
한 모금 마시니 내가 선선 같고
거듭 들이키니 여기가 천당인가
왜 일찍 내 이것 모르고 살았는가!

2시간 40분여를 작은 봉 큰 고개를 넘고 내려오니 반찬이 꿀맛인지 밥이 꿀맛인지 알 수가 없더라.

같은 등산범법자들은 오늘 하루 일과는 꽃 물 나무 바위 그 위에 내 마음 풀어 놓고, 돌아가는 발걸음이 즐겁기도 하다.

즐겁고 건강 주는 레크댄스

발바닥이 바닥에 살짝 스치고 발굽이 닿을 듯 몸이 돌아간다. 다리를 굽힌 듯 들고, 손은 살랑거리며 허리 뒤로 감고 돌아간다. 흐트러지지 않는 몸놀림은 노래 위에 음악을 타고 돌아간다. 흔들고, 꼬고 운동량도 흡족한 듯하다. 두 사람 짝 맞추어 강당을 메우고, 줄 맞추어 돌아가는 원무는 흥으로 가득 찼다. 고개 돌려 팔 굽히고, 어깨에 손 걸치고 돌아 허리에 손 감고 팔 펴고 약간 들고, 돌아간다. 짝이란 남녀를 말하는가보다. 영감 손도 잡아본 적 없을 텐데……

약간 구부리는가 싶더니 펴고, 펴는 듯하다가 서로 감고, 치마, 바지 자락 휘날리며…… 미소 살짝 지으며 반대편으로 돌아간다. 위로 한 번 아래로 두 번 고개 살짝 흔들며 손 들고 원심 속으로 빨려 들어가나 했더니만 한 사람 건너 한 사람씩 뒤로 가서 다시 손잡고 시작한다.

원무는 이렇게 커졌다가 작아졌다 하며 반복을 거듭한다. 잔잔한 물 위에 돌 던진 파도와 같이 널리 퍼지더니 좁아지고 벌어지는가 했더니 차례로 짝이 바뀌어 가며 춤 솜씨는 깊어간다. 어르신들 언제 이런 곳, 이런 춤 보기나 했을까?

오늘 10시부터 12시 사이에 제2교실에서 지난 10월 8일 노인잔치 평론회가 있다기에 들렀다가 여유 있는 시간을 이용하여 잠시 남의 수업시간을 엿보았다. 강당 뒷좌석에 멋쩍게 앉아 있으면서도 가운데서 돌고, 바뀌고, 올리고, 놓고 하는 '레크댄스'란 흥겹고 보는 이로 하여금 구미를 건드리게 하고도 남음이 있을 만큼 재미가 희한하다. 노인종합복지관은 즐거움 주고, 건강 주는 곳인가 보다! 누구나 이용할 수 있는 이 시대의 낙원이라 하겠다.

처음 보았고 남의 수업을 훔쳐보는 나에게 가만히 앉아 있을 수가 없을 정도로 음악과 춤사위가 나로 하여금 절로 들썩거리게 하였다.

"정말 그래, 여기는 노인들의 종합 웃음 터지!"

선생님의 몸동작은 봄 동산 꽃 나비 같이 너울거리고 들고, 흔들고, 들리고, 꾸부리고…… 음악과 더불어 꽃동산의 팔랑거리는 나비 같더라. 선생님의 부드럽고 가벼운 목소리로 그들만이 알아들을 수 있는 구령으로 봄버들 같이 움직인다. 여러 어머니는 실수는 연발이나 안 되면 되게끔 다시 고치고 다듬는 열의는 즐겁기만 하다. 한바탕 웃고 어떤 때는 미숙한 동작에 쩔쩔매기도 한다마는…… 남녀의 역할이 따로 있나 보지요?

왜 남자는 보이지 않는 건가요? 요즘 아버지들은 간이 콩알만 해서 어머님들 앞에 맥을 못 추는 모양이지요. 남녀가 반반이었다면 지상 낙원을 이룰 수 있는 순간이며, 정말 보기 좋고 흥겨운 레크댄스 시간이었다. 노인종합복지관은 이래서 좋다.

4월에의 부賦

꽃 피고 잎 벌리는 짓, 이것은 태고 때부터 하는 짓이지만 오늘 월력月曆을 한 장 떼고 보니 넓은 들판에 만물이 움직이는 듯하고 집집마다 안팎으로 푸른색이 곳곳에 움트고 있다. 마음도 변하고 옷맵시도 변하여 간다.

시장에서 눈 익은 몇 점의 꽃 흙 그릇이 손에 들여오고 거실 여기저기서 얌전이 모양을 피운다. 묵은 옷을 벗어 버리는가 했더니 창에 매달인 커튼도 내려놓는다. 겨우내 가려 놓은 창이 환하게 밝아지고 그로부터 눈빛 줄이 밖으로 이어진다. 가끔 겨울 동안 밖을 내다보든 창과는 다르게 아지랑이 춤추는 먼 길 산과 들을 본다.

아파트 앞뜰에도 봄 치장을 하느라 푸른색이 돋보이고 내가 태어나던 때도 아마 이맘때던가 싶다. 어머니는 무거운 몸으로도 호밋자루 잡고 밭으로 논으로 태몽 교육 시키느라 얼마나 고생했을까요.

그 많은 일꾼과 씨름하시던 어머님의 태 교육을 이제야 알 듯하니 부모보다 자식이 너무 미련하구나.

살림살이 끝없고 한도 없으나 사월은 심고 매고 갈고 하는 분망지시奔忙之時가 아니든가!

참고 견디어 그래도 겨우내 이겨 낸 이름 모를 벌레들이 따스한 햇볕 지고 움직이고 굳은 흙 밀어 올리는 연약한 풀 싹들은 나를 보란 듯하고 충고라도 하듯이 고개를 내민다.

황사로 오염된 세상, 잡티로 얼룩진 넓고 긴 골목을 청소 하시는 할아버지 할머니들, 4월의 마음이 고맙기도 하다. 그 도 그 옛날 꽃바구니 둘러매고 흐르는 냇가나 비탈진 양지바 른 풀 언덕을 찾은 때도 있었겠지요.

사월과 이어지는 바람, 꽃, 사람이 금 긋듯 확언하지는 않 지만 한 장 달력은 삼월과 사월이 금석지감今昔之感이랄까? 4 월의 뱃속은 틀리는 것이 많구나.

즐거운 나들이

나들이 간다던 것은 아이들이나 어른이니 그 준비 과정이 있어야 하고 마음도 들떠 뒤숭숭하게 마련인가 보다. 2004년 11월 4일 노인종합복지관 어른들의 나들이가 있었다. 직원들은 밤을 새워가며 간식이랑 오락이랑 준비하느라 수고가 이만저만이 아니었나 보다.

그도 그럴 것이 나이 든 어르신네를 모시기가 여간 힘 드는 일이 아니잖아요, 한 치라도 소홀히 할 수가 있어야지! 하루 전 이선애 선생이 11시 10분경에 집으로 전화가 왔다. "웬일이냐."고 물었더니 내일 07:30까지 시간 꼭 지켜주셔야 합니다. 그럼 그런데 거기가 어디냐고 물었더니 "복지관입니다."라고 했다. 그 시간까지 퇴근하지 못하고 내일 일정 때문에 일한다니 크게 수고하고 매우 고맙게 느껴졌다. 여기 작심하고 굳게 생각하지 않으면 어른들 위하여 일한다는 것이 대단히 힘들 것이다. 우리 내외는 택시 타고 복지관 앞에 도착하였다. 아니나 다를까 내 마음같이 다른 어른들도 나들이의 들뜬 마음은 같은 모양이다. 얼굴빛이 밝고 말들이 즐겁게 몸에 가득한 표정이다. 시작이 반이란 말과 같이 거의 밤새워가며 준비를 했나 보다. 강당에 들어서니 울긋불긋 등산복과 배낭 차림으로 질서 정연하게 의자에 앉아 장기욱 부장님을 위시하여 이상훈 대리 이선애, 장민경 선생과 그 외 여러 직원 선생님들이 호명하며 명찰을 달아주고 배차를 하느라 여념이 없었다. 명찰을 달고 소풍 가는 어르신들은 승강기와 계단을 내려와서 버스가 선 곳까지 발길을 옮겼다. 버스에 몸을 실은 어르신들은 관장님과 부장님 그 외 여러 직원이 환송을 받으며, 나들잇길은 시작되었다. 1호 차, 2호 차, 3호 차 꼬리를 물고 시가지를 벗어나 형용할 수 없는 아름다운 산과 들을 가로지르며 고속도, 지방도, 소래길 번갈아가며 목적지 수목원에 도착했다. 신이 아니면 조물주가 아니면 자연이 아니면 만들 수도 볼 수도 없는 이 좋은 계절의 풍경을 우리에게 보여줄 수 있게끔 배려하여준 복지관에 감사한다. 먼 산 가까운 나무를 손으로 가리키고 입으로 환성을 지르며 넋 잃고 볼 뿐이다. 국립수목원이 위치한 광릉 숲은 1468년 조선조 제7대 세조대왕 능림陵林으로 지정되어 500여 년간 엄격히 보호관리 되어온 국내 최고의 삼림이라고 했다. 1937년 임업시험장, 1987년 광릉수목원으로 일반에게 공개 1999년 5월 4일 산림청 국립수목원으로 현재 이르고 있다 한다. 수목원으로 수생생물, 육상식물, 약용식물, 식용식물 등 총 102ha의 면적에 3,344종이나 되는 많은 식물이 생성하고 있다 한다. 그뿐만 아니라 사림 사료의 영구보존을 목으로 1987년 4월 5일에 개관한 산림박물관은 지하 1층, 지상 2층의 4,617㎡ 규모의 세계에 내어놓아도 손색이 없을 정도의 박물관이라고 했다. 자연과 조화되는 한국 전통의 양식으로 건축되었으며 주제별로 다섯 개 전시실로 나누어 총 8,000여 종류 1,100여 점이 전시되어있다 한다. 전문 지식이 없이 상세하게 알 수 없으나 방대한 숲과 수종 및 맑은 공기에는 말문이 막힐 지경이다. 시간이 아쉽다. 돈 많고 여유 있는 이들은 승용차로 서울에서 수목원까지 매일 건강을 위하여 공기도 마시고 산책도 하러 온다는 관리인의 말도 들었다. 출출할 때쯤 이상훈 대리, 박상규, 장민경 선생의 안내로 가까운 수목원이란 식당에서 점심을 먹었다. 어르신들은 이렇게 맛있는 점심은 근래 와서 처음 먹었다 했다. 즐겁게 점심을 먹은 다음 식당 옆 놀이마당에서 간단한 게임을 하며 즐겁게 놀았다. 놀이 중에 반칙하는지 모르고, 댄스는 하는 재미도 있었다. 이어 우리는 버스에 분승하여 다음 예정지인 신북 온천으로 향하였다. 넓고 좁은 길, 곧은길, 굽은 길 짧아가며 길 양옆에 곱게 차려입고 줄 서 있는 가로수의 환영을 받으며 산에는 이름 모를 나무와 풀들이 제멋을 한껏 뽐내는 듯했으며 우리와 우리가 탄 버스가 그 자연 속에 어울렸을 것이다. 생각하니 더욱 즐겁다. 신북 온천에 도착했다. 아직 개발 상태에 있는 신북 온천은 내부는 제법 모양이 갖춰져 있으나 외부는 아직 할 것이 많아 보였다.

많은 산골이 훼손된 데는 마음이 아팠다. 목욕을 마친 어르신들은 불그레한 낯빛으로 한마디씩 한다. "앗다, 개운하다. 잘 왔다!" 혹은 우리 복지관은 노인들에게 "잘한다." 다른 이는, "고맙지 뭐예요." 하고들 한다. 준비한 간식을 먹으며 즐겁게 놀다 보니 시간 가는 줄 몰랐다. 해가 뉘엿뉘엿 서산에 걸릴 무렵 복지관 앞에 도착하니 직원들 모두와 버스가 고맙습니다.

갑신년을 보내며

기억記憶조차 하기 싫은 한해였다. 갑신년甲申年 지긋지긋한 한 해를 보내고 보니 마음이 후련하다. 이보다 더한 연력年歷이 어디 있을까 하는 한해였다.

송구영신送舊迎新의 을유乙酉年 맞이하니 가정마다 화목和睦하리라 믿는다.

닭과 같이 부부간夫婦間에 화목하고 믿음이 있으리라.

을유년乙酉年 여명黎明이 밝아오니 다사다난多事多難 했든 갑신년甲申年도 온고지신溫故知新의 해가 되었구나.

금년에는 남녀노소男女老少 할 것 없이 부부간夫婦間 애정愛情을 돈독敦篤이 할 해라 생각된다.

장닭은 암탉에게 먹이를 양보讓步하고 밖으로부터의 적敵을

필사적必死的으로 막는 투철透徹한 정신이 있어야 할 것이며 담장 위에 올라 홰를 치며 한바탕 목청을 돋우는 늠름한 자세를 보자.

광명光名을 예언豫言하는 닭을 보자.

암탉의 많은 아양으로 받아들이는 여유 있는 자세를 보자.

대통령大統領의 연두사年頭辭에도 있듯이 을유년乙酉年에는 경제經濟 활성화活性化 시책施策에 역점力點을 두겠다고 했으며, 국회의장國會議長은 상생相生의 정치政治를 하겠다고 했으며 부정不正 없는 사회, 깨끗한 윤리倫理의 사회를 만들기 위하여 대법원장大法院長은 법조계法曹界의 수장首長답게 공정한 법절차法節次와 판단 아래 범죄처리犯罪處理를 확실確實하게 하겠다고 하였다.

국무총리도 금년에는 일자리 창출에 주안점을 두고 정부와 국회, 당에 협조를 요구한다고 말했다. 그렇다. 우리는 해마다 묵은해를 보내고 새해를 맞이하면서 정부나 국민이 작년보다 잘해보겠다고 다짐해온 터였다.

해방이 되던 1945년 그해만은 그전보다 더 나은 해였다고 할 수 있다. 그러나 2005년에 이르기까지 60성상을 작년보다 나은 해가 몇 번이나 있었던가.

역대 대통령 정권 시에 지난해보다 낫다고 할 수 있는 해는 박 대통령 시절이었다.

그렇다. 우리네 나라는 오늘내일하면서 아직 남북통일도 못 한 수치의 나라로 손짓 당하고 있는 실정이다.

주기만 하고 당하고 있는 남쪽 정부나 받기만 하는 염치없는 북쪽도 이상하리만큼 엉큼하다. 남북 이산가족 상봉, 금강산 관광, 개성공단 등 일련의 일들을 보면 한끝의 실마리는 보이는 듯하다마는 아직은 준비가 덜 된 모양이다.

이북은 말할 것도 없거니와 남쪽도 실업자와 빈곤층이 많다고 보도를 통하여 접하고 있다.

내 앞에 많은 문제를 안고 있는 우리나라로서는 많은 생각을 하게끔 한다.

청년 실업의 문제점이나 기업의 재창출 의욕 문제나 노령화 사회문제나 문교 정책 등 많은 사회문제가 산재해 있다. 또 재개발 국가의 추월 문제는 한시도 마음 놓을 수 없다. 지난해의 실적이라면 반도체와 영화산업이라 하겠다. 영화산업에는 많은 도약이 있었다고 한다.

중국을 강타한 한류는 일본을 완전히 점령하다시피 일본열도를 휘젓고 있다.

한류는 일본을 넘어 이제 태평양을 건너 유럽에 이르기를 바라마지 않는다.

물론 몇 가지 품목의 수출품으로 세계시장을 쫓고 있으나
아직은 걸음마 상태다.

이것저것 예측하면 많은 고민을 낳게 하고 있지만 금년에
는 많은 지혜를 모아 나라 살림 국민생활안정에 힘써야 할
때라고 생각한다.

돋보기 말입니다

노인들의 건강은 말할 것도 없거니와 건강 다음으로 먹고 입고 보는 것일 것이다.

젊은이도 말할 것도 없거니와 늙은이에게는 더욱 눈이라는 것은 말할 수 없이 중요하다.

그러기에 안과가 있고 안경점이 있나 보다.

지난 3월 22일 노인종합복지관 식당과 5층 강당 및 복도에는 1,000여 노인들이 돋보기와 골다공 검진을 받기 위하여 분주하였다.

노인들에게 무료로 안경을 아니, 눈을 밝혀주다니 고마운 일이 어디 있겠습니까?

어디서 온 천사들인지는?

1,000여 명의 어르신에게 그것도 무료로 말이다.

뒤에 전해 들은 말인데 관장 스님이신 정관 스님의 알뜰한 노력과 노인종합복지관 어르신들의 애끊는 심정을 헤아려 주선한 모 불교재단의 거사라고 들었다.

그렇구나, 우리네 어른들은 다섯 손가락 내에 들어가는 소원이라면 앞을 넉넉히 볼 수 있는 것이다.

고맙지요, 덩달아 골다공 검사도 했고 이 모든 것이 아낌없는 봉사로 이루어졌으니 여기 노인종합복지관이 극락이요, 천국이 아닙니까!

한문 교실에서

"이놈아, 오늘은 어제 배운 것 잊지 않았지?" "예"

"그럼, 물위勿謂 금일今日 불학이不學而 유내일有來日……"
더듬대고 잘 읽지 못하면 한 대의 회초리가 올라간다.

눈물을 글썽이며 더욱더 더듬대는 말로 "소년이노少年易老
학난성學難成……"하고 눈물을 흘렸을 때가 70성상 지났다.

세월 따라 사람도 시련을 겪듯이 한문도 이거다 저거다
하드니, 우리말 찾고 우리글 찾다가 오늘에 왔다. 인제 와서
다시 한문을 보니 감회가 깊다.

월, 목요일 09시 30분 한문교실에서는 "안녕하세요. 며칠
동안 별 탈 없었습니까? ㅇㅇ님이 보이지 않는데요."

내가 서당에서 글 배울 때 한 사람 빠지면 배우기가 싫어

서였고 오늘 결석한 그 자리의 걱정은 건강이었다. 혹시나!

이노易老

누구의 탓도 아니지만 이제 이분들과 마주하고 글 대하니 새삼 용기가 나며 놋그릇 닦는 그 맛이랄까? 어른들 한 자 한 자 짚어가는 열성에는 아쉬움도 섞여 있고 부러움도 보인다. 지금도 늦지 않다. 수신하며 살리라.

그리고 남은 길을 밝히며 살리라. 막힘없이 살리라. 또 배우고 읽을 것이다.

노인종합복지관을 보며

초등학교 건너편 길 따라 돌아들면 장구 소리, 가요, 합창 소리가 우리 마음을 사로잡을 듯 즐겁게 발길을 재촉하는 곳이 있으니 곧 노인종합복지관이다.

몇 개의 계단을 밟고 들어가 엘리베이터에 몸을 싣고 올라가 4층에 발을 놓고 보니, 내가 바라는 극락이 여기로구나 싶다.

아하~ 호원이라.

말로 듣고 보고 체험해본 노인종합복지관은 과연 복지관이다.

이제 마음 풀어놓고 말해볼까 한다.

윗물이 맑아야 아랫물도 맑다는 법이라고 옛 어른들이 말했던가요?

웃어른들이 밝지 못하면 그 빛이 굴절되기가 쉽지요.

노인종합복지관 관장님은 정관 스님이다.

언제 보아도 변함없는 승복 차림에 웃음 잃지 않는 정관 스님은 관장실에서 벗어날 때부터 두 손 합장은 누구 위한 합장인지 그 많은 어르신에 향한 마음, 눈웃음부터 시작, 사무실 앞, 휴게실 앞, 식당에 이르기까지 한 번도 놓치는 법이 없는 듯하다.

앞앞이 합장이요, 눈 마주치는 이마다 웃음이다.

"많이 드시지요." "더 달라 그러세요."

"잘못한 것 있으면 말씀하세요."

"고치고 시정해야지요."

원장님은 수도자의 모습 그대로 진심 어린 마음으로 직원을 살피고 여기 오신 어르신네들을 부처님의 권속에 부족함이 없이 하기 위한 참마음으로 대해주시니 얼마나 고마우랴.

극락은 거저 만들어지는 것이 아닌 것이다. 처음부터의 마음이 있다면 끝까지 가야 할 것이며 여기에 행동이 뒤따라야 할 것이며 그러는 가운데 모든 일은 습관처럼 이루어져야 참 극락 복지관이 아닐까 싶다. 그리고 노인종합복지관에는 장기욱 부장이 있지요.

정관 스님(관장)을 모시고 전 동료를 살피고 계획하는 장기욱 부장은 키 크고 싱겁지 않은 사람이 없다더니 가끔 유머러스한 말솜씨가 참 듣기도 좋다.

그 많은 살림살이를 만지다 보면 짜증 나는 일도 있으련만 항상 싱글벙글 맡은바 계획하고 진행하는 그 뚝심에는 어느 누구도 칭찬하지 않는 이가 없을 것이다.

복지관의 형편에 맞지 않는 건의가 들어와도 끝까지 설득하고 해명하는 노력은 칭찬하고 따르고 협력하고 싶다. 3,500여 명이 등록된 노인종합복지관 어른들의 바라지 어느 누가 쉽다 하겠느냐?

하루 이용하는 어른들만 450여 명이 왕래하는 어른에게 "톤" 큰 목소리로 인사하는 것만으로도 곧 깨어진 자배기 소리가 날 텐데 말이다.

처음 시작하는 마음이 장기욱 부장이라면 행동하는 이상훈 대리와 박상경 사회복지사가 눈에 들어온다. 나이보다 젊고 순진해 보이는 이상훈 대리는 항상 몸으로 실천하는 중추역할을 충분히 하고 있으며, 자기 말을 하다가도 어르신의 말이 들어오면 금방 자기 말을 멈추고 어르신 말을 다 듣고 난

다음 자기 말을 계속한다. 어르신의 고집스럽고 완고한 마음을 이해해주는 배려가 고맙기 한량없다.

항상 건강을 염려하고 싶을 정도로 고맙다.

박상경 사회복지사는 묵묵히 말없이 실천하고 매진하며 어느 곳 빈자리라도 꾸밈없이 메워가는 그대에게 내 마음 뺏길 정도로 수고하는 것을 보니 누가 여기가 극락이라 아니하겠느냐.

노인종합복지관은 진작 이런 복지사가 있기에 명성이 자자한가 보다.

말을 하자니 눈에 들어오는 선남선녀의 복지사 이름을 헤아릴 수가 없을 정도로 많구나, 어르신들에게 잘하는 복지사 여러분에게 감사하지 않을 수 없구려.

이 시대에선 노인종합복지관을 이용하는 어르신들은 다시 없는 기회이며 행복이 아닐 수 없다. 여기 와서 여생을 즐겁게 건강하게 살기를 권하고 싶다.

사람이나 동물이나 사랑을 가장 많이 느끼는 기관은 서로가 접촉하고 만지고 하는 촉각이라고 하더니만 복지사들이 어르신들 손도 잡아주고 만져주는 동작은 더욱 따뜻하게 느

꺼진다. 몸이 찌뿌드드하면 물리치료실에서 몸을 풀고요. 머리가 길고 모양이 어색하면 미용실을 이용하고요.

치매가 있는 어르신들은 주간 보호실에 즐겁게 노래도 불러주고 두뇌 회전운동도 해주며 밥까지 턱밑까지 대령해주고요.

이용하는 어르신의 욕구에 맞추어 컴퓨터 시설도 늘리고 휴게실도 복도 의자에 이르기까지 마음 드리지 않은 곳이 없다. 쉽게 이용하도록 접수대가 복도 밖으로 나오는가 했더니 배우고 싶은 과목도 늘리고 시간도 조정해주는 배려도 아끼지 많은 전 직원들에게 다시 한 번 감사한다. 아들딸들이 이만큼 해주면 벌써 효행효도 상도 받았을 것이다.

우리 복지관 어르신들은 붓글씨, 노래자랑, 장구춤, 차밍댄스 등 여러 행사에 입상은 물론이거니와 뛰어난 성적으로 활동하고 있다. 본말 그대로 재미있고 즐거운 노인종합복지관이다.

노래가 있는 복지관, 춤이 있는 복지관, 컴맹이 없는 복지관, 우리말 글 배우고, 영어, 중국어, 한문, 수지침 등 공부하는 복지관, 장기 두고, 바둑 두고 그러다 출출하면 맛있고 넉넉하게 점심 먹는 복지관, 어른들 공경할 줄 아는 노인종합복지관 복지사들을 보면 여기가 극락 노인종합복지관이라고 누가 말하더라. 입 있고, 말하는 사람은 말해보세요. 여기가 극락 노인종합복지관이지요.

영화 "실미도"

　세간에 명성과도 같이 '실미도' 영화는 감동적이었다. 8
월 12일(목요일) 8월 19일(목요일) 양일간 강당 안은 많은 회원
으로 자리를 같이했다. 숨죽이고 화면을 보는 이들의 가슴은
후련하다기보다는 멍들게 했다고 하는 것이 옳을 것이다.

　채 총부리도 가시기 전에 사실이라고 하는 사건공개 즉 영
화를 개방하는 것은 그 가치관이 어디에 있는지 궁금하다.
불과 36년 전의 사건이며 6·25 상잔이 여전히 존재하고 있
는 오늘까지 누구를 이롭게 하기 위한 가치 행위인지 의문스
럽다.

　흥미도, 흥행도, 예술도 좋지만 6·25 세대에게는 슬픈 한

순간이었을 것이다. "북쪽이 그렇게 했으니까." 우리도 이런 집단을 만들고, 죗값의 대가로 여기에 왔다 하더라도 또 그 부대원의 구성 성분이 무엇이 되었다 하더라도 나라를 위한 군이다.

이 나라를 위한 군인이라면 결과, 목적은 없었다 하더라도 유명을 달리한 대원이나 현재 생존해 있는 대원이나 그 유족에게 공민권 회복과 충분한 보상이 있어야 한다고 본다. 영화까지 만들어 사실 공개했다는 것은 시기상조라고 볼 수 있으며 수긍이 가지 않는 부분이 많다. 잠깐 내용을 보면 "군인으로서 할 것은 했고 명령도 따랐다."

"군인으로서 개인감정은 배운 적도 없고 가르친 적도 없다." 군은 명령에 살고 명령에 죽는 것이 어느 나라도 마찬가지일 것이다. 왜 이들에게 사면이 없었는지 사실이라면 의문이다. "어머님이 살아계시는 한 결코 빨갱이가 될 수 없다." 한 말 헛된 길 헛된 마음 있을 수 없을 터인데……

한순간의 잘못으로 여기 왔으나 철조망 그 안의 그 생활은 형법 몇 글자 이상으로 죗값을 치르기 위한 혹독한 생활은 충분하다고 생각한다.

법치국가, 민주국가 말로만 법치, 민주 하면서 한사람 아
니 몇 사람의 존재 가치를 높이기 위하여 이런 부대를 만들
었다고는 믿어지지 않는다. 684(가칭) 부대의 전원비밀을 말
살하기 위하여 최후의 만찬이 몰살이란 말인가! 양심 있는
대장은 용감하게 스스로 숨통을 끊고, 아까운 나머지 생명은
자기들의 존재가치를 주장하며 싸우다가 저세상에서라도 받
아주지 않을 듯한 두꺼운 누명을 쓰고 죽음을 맞이했다는 이
영화 내용은 가슴치고 통곡할 일이다.

사실이라면 전무후무한 일로 치부하고 내용은 어디까지나
영화로서 끝냈으면 한다.

손手

"너는 왜 남의 탓하기만 하느냐.

남을 탓하다 보면 자기의 허물이 보이지 않을 때가 있지!

다른 사람의 흉이 한 가지라면 자기의 흉은 열 가지가 넘는다는 말이 있지 않은가!"

오른손의 말이었다.

왼손의 불평이 대단한 듯하다.

그러나 오른손이 말한다!

"우리는 잠자리에서 일어날 때까지 같이 행동하지 않는 것이 있었더냐!

이부자리를 챙기고 칫솔질, 세수 어느 하나 왼손 너를 무시하고 한 적은 없었으며 내가 먼저 문을 여닫고 아침 밥상

까지 열심히 꾸준히 움직이지요.

　허나! 그때 너는 나보다 비협조적인 것 같지 않은가!"

　오른손의 말이었다.

　왼손의 반문이다.

"말하지 않고 가만히 있으려니 한이 없구나!

　은근히 너의 자랑만 늘어놓는구나!

　인간 여명의 태동은 다 그렇고 그런 것이 당연하거늘 앞에 있었던 일들을 전부 너의 혼자서 했단 말이냐?

　너 혼자서 할 수 있는 일은 내가 조금 물러서 있었을 따름이지 너 혼자서 했다고 생각生覺지 말라! 참! 주인의 뜻이 있었고, 명령이 내려졌다면 의당 내가 했을 것이다.

　동요에도 이런 말이 있듯이 '세수할 때는 깨끗이 이쪽저쪽 목 닦고' 아이들의

　노랫말대로 이쪽저쪽 오른손 왼손 부지런하게 공동으로 노력하지요.

　우리가 태어날 때 한몸의 좌우에서 고통과 창조의 세계인 어머님의 뱃속에서 불평불만 없이 온갖 영양분을 계산 없이 받아가며 몸은 물론이거니와 정신, 신경도 자랐습니다. 어머님의 손은 입덧으로부터 시작하여 하루 이틀 불러오는 배를 만지며 즐거워하며 혹은 움직일 때 고통을 이를 악물고 조심

조심 참고 지나왔습니다.

시끄러운 소음 세상, 공갈과 협박의 세상, 가난과 굶주림의 세상, 오열과 혐오의 세상 가운데도 행여 놀랄까 봐 우리보다 어머님 자신이 더욱 조심하셨지요!"

헤아릴 수 없는 많은 혜택과 간호 속에서 열 달이라는 세월이 지나 별천지에 세상에 태어났습니다.

아, 아! 남녀의 조화와 음양의 조화였을까요. 아니면, 부처님의 인연이었을까요, 하나님의 뜻이었을까요!

어머님의 손, 아버님의 손 거룩한 그 손들은 왼손 바른 손할 것 없이 기쁨과 환희 속에 분주히 움직였습니다.

세상은 온통 나의 것인 듯했을 것입니다. 우리 고사리손은이 세속 구경을 하게 되었고 양친의 축복과 희망에 우리 손은 부러움 속에 자랐습니다.

빠른 세월은 환대와 즐거움 속에 유치 시절이 다가왔습니다. 이렇게 아버지 어머니의 사랑과 이웃들의 바람 속에 유치원 차 속에 보배로운 손이 되어 흔들고 자랐습니다.

코를 흘리며 먼지투성이가 되어 들어오는 초등학교 생활生活이 시작되었다.

사회생활社會生活의 태동이 고사리손으로부터 기초 국민의손이 되어갔습니다. 철없는 듯한 그 손이 어느새 머리가 굵어지고 여드름이 나며 팔뚝에 인대가 굵어 넘치는 중학생의 손이 되었다.

그 지긋지긋한 대학大學 시험의 공부에 시달리는 손이 되고 보니 이제 완전히 국가대표의 손이 아닌가 싶다.

민주시민 일원의 손이 되었다. 이성과 사리를 판단하며 좌도 알고 우도 아는 지성인의 손이 되었다. 자기주장을 위하여 집에서 이룰 수 없는 의사 전달을 길거리까지 나서는 손이 되었다. 생을 초월한 운동으로 많은 희생도 불사하는 손도 있다.

한때 허약한 손으로 말미암아 36년이란 긴 세월 왜놈들의 고통에 많은 생명生命도 없어지고 많은 재산 마음마저 생매장을 하고 살았던 시절의 분기한 손이었던 때도 있었다.

해방이 되었다. 좌와 우의 충돌은 살육이 계속되고 사회 불안은 국민을 도탄으로 몰아넣고 보릿고개로 쓰러지는 백성도 수다數多하였다. 시끄럽고 더러운 손들이라 했더니 아니나 다를까. 6·25라는 더욱 더한 공포의 도가니에 몰고 가는 손이 되었다.

수도가 대전으로 대구로 부산으로 이사 가는 손이 되고 말았다. 후유, 허리가 휜다.

1960년 3·15 부정의 손은 4·19 의거, 혁명의 손을 낳았다. 우유부단한 세월은 그 이듬해 5·16 군사 쿠데타가 웬 말이냐. 박정희 장군과 그 무리의 군인들로 무장한 손도 있었다.

보릿고개를 넘지 못하더니 우리 손은 1963년 첫 노동수출이란 오명으로 서독 광부로 123명의 손이 나갔다.

부모 처자를 두고 돈 벌어 잘 살겠다고 떠나는 그 마음은 미국 개발 당시 흑인들을 강제로 끌고 오는 것과 무엇이 다르겠나.

아이고, 1979년 11월 26일 김재규의 총 든 손에 박정희 대통령이 총 맞아 쓰러지고, 1980년 5월 18일 광주 민주화 운동의 손은 전국을 시끄럽게 했으며 아직 그 끝이 보이지 않은 듯하다.

한국 현대사의 최대의 사건으로 평가되고 있다. 이제 이 나라도 여명이 오듯 하루하루 정의 손이 올라오는 듯하다.

남과 북이 오가고 철도가 연결되며 금강산 그곳에도 우리 손이 닿는 듯하니 고마운 일이다.

크고 작은 정치 도둑의 손도 하나둘씩 없어질 것이다. 남과 북의 손이 맞잡고 이념과 갈등, 시기와 질투를 버리고 인화와 단결, 화합과 협조로 이 나라 이 민족의 미래를 위하여 매진하는 손이 되었으면 합니다. 이 나라 사람으로 살아온 늙은이는 밝은 빛, 새 빛으로 즐겁게 살고 싶다.

반추反芻

'사사⋯⋯⋯⋯자자⋯⋯⋯장장⋯⋯⋯⋯' (사장님)

"사장님"이란 말을 좀처럼 끝도 못 맺는 걸인이 있다.

워낙 말을 더듬는 것뿐만 아니라 허리도 구부정하다.

언제나, '사사⋯⋯자자⋯⋯장' 하고 손만 내미는 이 걸인은 내가 을지로 2가 모회사에 근무할 때의 이야기다.

"아저씨 안 된다니까요. 들어오시면 안 됩니다. 다른 곳으로 가보세요. 여기는 아무나 들어오는 곳이 아닙니다."

'사사⋯⋯⋯⋯자자⋯⋯⋯장' (사장님)

아무나 사장이고 어디든지 들어가려는 배짱이 대단하다.

하기야 돈 한 푼 얻는데 장소와 때와 자리를 가리겠는가?

체격도 크고, 한 손은 항상 가슴 앞쪽에 올려놓고 머리는 어깨너머까지 드리워져 있는 장발이다.

얼굴은 넓은 편이며 수염은 깎지 않아 덥수룩하다.

얻어먹는 팔자다 보니 깨끗이야 하겠느냐마는 얼굴도 씻지 않고 다닌다.

게다가 한 다리마저 마비상태라 걸음걸이가 퍽이나 힘들어 보인다. 시가지를 걸어갈 때 행인들의 시선이 전부 그 사람에게 집중된다. 발자취 뛰는 모양과 출렁거리는 머리카락, 움직이는 모양, 걸음걸이 하는 자세가 야단스럽기 때문이다.

어느 빌딩에 들어가서 누구에게나 돈 한 푼 받으면 물러난다.

그러나 손에 쥐어지는 것이 없으면, 그 문간에 앉아 있으면 있었지 좀처럼 물러나지 않는다.

경비실 근무자와 항상 그 시간만 되면 '들어간다, 못 들어간다.' 실랑이를 한다.

실랑이가 한참 계속되면 길 가던 사람들의 많이 모이고, 시끄러워지면 누구랄 것 없이 얼른 몇 푼을 주곤 하는 것을 본다.

하루 이틀이 아니고 근무하는 날이면 그 사람도 같은 근무 날이다.

매일같이 경비원들과 만나고, '준다, 안 준다.'

'사………사…………' 하다 보니 사무직원들도 자주 접하게 되고 그 광경을 몇 번씩은 접하게 된다.

매일같이 거듭되다 보니 어느새 경비원들과 농담도 하고, 웃기도 할 때가 있다.

하지만 아무리 친해도 손에 들어오는 것이 없으면 그날은 하루 일이 거기서 끝나는 것 같다. 얻어먹는 방법의 하나이기는 하다.

심성은 착한 듯하다.

어느 날이었다.

외부로 나갔다가 회사 정문을 들어서는데 어제 보았던 그 사람이 현관 앞에 퍼져 앉아 있지 않은가? 왜 그런지 경비원에게 물을 수밖에……

"왜 이 사람을 여기에 이렇게 방치해 놓고 있습니까?"라고 했더니 정문 경비원들은 인사하기가 바쁘게 웃기 시작했다.

그리고 하는 말이 "이 사람 매일 오는 사람인데 오늘은 돈 주는 이가 한 사람도 없어 이러고 있는 것입니다."라는 것이다.

그래서 내가 얼른 주머니에서 잡히는 대로 주었다.

그때 그 사람에게 처음 듣는 인사말이었다.

'사사……… 자자……… 장…………(사장님), 고………

고⋯⋯⋯마⋯⋯⋯(고맙다)'

"응 고맙다는 말이군." 했더니 고개를 끄덕거리며 그 긴 머리카락을 들썩하고는 하늘로 올라갈 듯이 고개 숙여 인사를 한다.

자기 말을 알아차리고 돈을 주니 좋은 모양이다.

그 광경을 보던 정문 직원들이 일제히 웃는다.

하도 웃는 이들이 이상하여 "왜 웃습니까?" 물었다.

정문 직원들은 웃는 것을 책망이라고 할까 봐 송구해 하면서 자초지종을 이야기한다. 그래서 나는 다시 그 사람에게 가서 몇 냥을 꺼내어 그에게 주었다. 그리고는 "왜 머리를 이렇게 기르고 다니는지, 깨끗이 씻고 다닐 수는 없느냐며⋯⋯" 쓸데없는 말을 늘어놓았다.

앞으로는 그 사람을 내방으로 보내달라는 말을 경비원에게 남기고 내 방으로 향했다. 다음날이었다. 출입문 곁에서 "왜 이런 사람을 들어오게 했느니⋯⋯", "들어오면 안 된다.", "아저씨 나가세요." 떠드는 소리가 들렸다.

"사⋯⋯사⋯⋯장장⋯⋯"

하는 것으로 보아 '어제 그 걸인인 모양이다.' 라고 직감했다.

나도 깜박 잊어버리고 있었다.

직무에 관한 일이 아니라 그랬는지 모른다.

얼른 자리에서 일어나 사무실 문 앞으로 가봤더니 역시 그 사람이 고개 숙이며 "사……사………자…………" 머리가 바닥에 닿을 듯하다.

"응, 내가 잊었다. 내 손님이니 말리지 마라. 내 앞으로 언제든지 들여보내라." 그리고 몇 푼을 손에 쥐여주고 돌려보냈다.

직원들은 "상무님은 이상하다." 왜 저런 사람을 여기까지 들어오게 하느냐며 쑥덕쑥덕 숨은 목소리가 들렸다.

직접 이야기하는 직원도 있었다.

나는 그럴 때마다 "그러지 마라. 그 사람도 어떻게 생각하면 자기 직업이 아닌가. 하루라도 벌지 않으면 거느린 식구가 굶게 될 것이다. 그러니 아무 소리 말아라."

"돈 몇 푼 주는 것은 내가 감당할 테니!"

이렇게 몇 달이 계속되었는데 어느 날부터 그 사람이 나타나지 않았다. 오늘도, 내일도 기다려졌다.

궁금하기 시작했다. 경비실로 연락을 해도 "통 보이지 않는다."고 말했다. 경비실에서 심하게 막아서 그런 거로 생각했다.

외부로 점심을 먹으러 나갈 때면, 그 사람이 이 주위를 돌아다니며 들어오지 않는 것은 아닌지 하고 의례 주위를 살펴본다.

이제는 궁금증이 더해만 갔다. 몇 달이 지나도 보이지 않았다.

내 기억에서도 사라져 가고 있다.

반복된 행동에 공간이 생겨 나에게 한동안 허전했던 모양이다.

종로에는 나다니는 사람들도 많고, 노점상도 많다.

처녀 총각 그 무엇 빼고는 팔지 않는 것이 없다.

나는 퇴근 시간이면 저녁 대신 간단한 빵으로 요기를 대신한다.

그것도 그럴 것이 종로 Y.M.C.A 3층에 음악 교실이 꼭 저녁 시간에 걸리기 때문이다.

고려당 빵집 주인인 김 사장님은 내가 잘 아는 사람이다.

빵집 단골이기도 하지만 크리스마스 때가 되면 자청하여 바쁜 시간엔 잠시나마 일손을 보태어 드리기 때문이다.

빵을 저녁으로 요기하고 길 건너 Y.M.C.A로 들어서려는 참에, 낯익은 사람이 앞을 가로막고, 허리를 90도로 꾸부리고 "사………사…………장………장" 한다. 그 사람이다.

"고………맙………습니다." 한다. 깜짝 놀라 "이 사람아 어떻게 됐느냐, 왜 오지 않았느냐? 무슨 일이라도…… 반갑다!"고 했더니 무슨 말인지 알아들을 수는 없으나 내용은 이런 거였다.

구걸을 하고 다니는데 장발 단속에 걸려 종로 3가 파출소 앞에서 머리를 깎였다는 것이다.

1973년 9월 전후로 전국에서 장발 단속령이 내려진지라 그 포고령에 걸려든 것이다. 머리를 깎이고 구걸하러 나가보니 돈을 주는 이가 없다는 것이다. 머리를 기르고 다닐 때는 그래도 살만했는데 삭발하고 다니니 더욱 단속에 잘 걸려들었다는 것이다.

서울대 문리대 학생들의 첫 유신 반대 데모가 시작되었던 시기다.

무시무시한 유신정권에 반대하는 운동은 전국으로 확산하며 머리를 삭발하고, 머리띠를 두르고, 반대 현수막을 들고 거리를 질주하는 시기이다.

데모대도 삭발, 구걸하는 이도 삭발 아마 단속하는 경찰도 정신 못 차릴 때라 단순히 삭발하였기 때문에 경찰 시선이 집중되곤 했던 모양이다.

머리를 기르자니 장발에 걸리고, 삭발하자니 데모대로 오인을 받는다는 것이다.

이러지도 저러지도 못하고 구걸만 안 되더란 말이다.

몇 달을 길러 머리가 조금 길러졌기에 이제 구걸을 해볼까 하고 나왔다는 것이다.

여기까지 이해를 하고 반추하는데 상당한 시간이 걸렸다.

나를 보자 반가워서 더듬대는 말이 더 더듬댄다.

그래서인지 인사가 길어질 수밖에 없다.

내가 먼저 인사말 끝을 마무리 지운다.

나는 반가워 조그마한 포장마차 집으로 데리고 갔다.

뒤따라오면서 무슨 말을 해도 알아차릴 수 없었고, 순대와 어묵을 청하여 권하였다.

음식값을 치르고 나는 시간이 늦을세라 Y.M.C.A 건물로 종종걸음을 치며 계단을 올라갔다.

그 후 며칠을 기다려도 오지 않았다.

경비원에게 물어도 보았고, 종로를 오르내리며 찾아보기도 했다.

그렇게 몇 달이 흘렀고, 나는 군산 공장으로 근무지가 옮겨지고, 오늘까지 이 사람을 보지 못했다.

아쉽다, 왜 인가!

혹시 무슨 변이라도 당하지는 않았는지!

나의 뇌리에 자리 잡은 반추 행위는 30년이 지난 지금도 왜 반추하고 있는지!

등산登山

봄은 봄대로, 여름은 여름대로, 가을은 가을대로, 겨울은 겨울대로 변화무상한 것이 산인가 보다.

푸른 싹이 돋는가 했더니 산새 들새 노래하는 푸르스름한 빛깔은 하늘, 땅 물 들인다.

비바람치고 폭우가 쏟아지고 천둥 번개가 요란하고, 골골이 흘러내리는 물살은 땀에 찌든 산 사람을 잡아 삼킬 듯 요란하게 흐른다.

매미 소리, 산새 소리…… 야호…… 물소리 합창 하누나!

성하든 그 님도 푸른색을 바꾸어 색동옷으로 갈아입는다.

가을, 가을 하니 어느 풀 나무 할 것 없이 시샘이나 하듯이 제 색으로 변한다. 산사람도 덩달아 계곡 따라 춤을 춘다.

겨울맞이하는 잔치인가요.
1도, 2도 체온이 떨어지고 그 곱든 잎들도 이제 한 잎 두 잎 바람결에 휘날리며 제 앉을 자리 찾는다.

이것을 사람들은 自然이라 하더라.
자연에 순응하는 사람들은 사철을 즐기며 산길을 놓지 않는다.
울긋불긋 등산복에 등짐 지고 푸~욱 눌러쓴 모자 밑으로 흰 수증기를 내어 뿜으며 오늘도 산길은 시작된다.

낙엽 밟는 소리는 삭삭 하고 눈 밟는 소리 보드득 보드득 부드럽게 소리를 산길은 누구도 시켜서 하는 일은 없을 것이다.
친구끼리 친지끼리 삼삼오오 패를 지어 앞서니 뒤서거니 산길은 이어진다.
봄 맛, 여름 맛, 가을 맛, 겨울 맛을 느끼며 오늘도 산길은 이어진다.

가다가 힘들면 산이 주는 반반한 돌의자에 앉아 이야기하고 눈에 들어오는 뭇 그림들 감상도 한다.

준비한 산 커피 한잔 즐겁게 마시며 속세의 광분을 모두 잊은 듯한 한 손으로 땀 닦으며 긴 한숨 들이킨다.

잠시 충전한 산길은 험하고 꾸불꾸불하여도 어느 하나 불평 없이 잘도 올라간다.

"……누구는 산이 있기에 산에 가고 오른다……"고 했듯이 산은 말없이 받아주기에 간다고 할까!

어느 철과는 달리 눈 덮인 겨울 산은 발 들여놓는 그 시간부터 희열과 소망을 기원하며 두어 시간 오르다 보면 너 나 할 것 없이 허리끈이 늘어진다.

정해놓은 곳은 아니지만 언제나 그 자리에 이르면 점심을 먹는다.

짐승이나 사람이나 항상 가는 길이면 일정한 곳에 이르면 소변이나 대변을 하게 마련이라더니, 이곳 산에 오르는 무리의 등산객에게는 점심 먹는 장소가 불문율처럼 정해져 있는 듯하다.

추위를 아랑곳하지 않고 옹달샘 주위에 모이는 사람, 눈이 놓아 햇볕이 잘 드는 양달 진 곳에 짐 푸는 이도 있고, 또 어떤 이는 아예 산에서 내려와서 허기를 면하는 직거래 족들도 있다.

누구랄 것 없이 늘 해오는 보온병 물은 겨울 산에서는 더 없는 생명수다.

커피도 타 먹고 라면도 끓어 먹는 그 맛은 형언할 수가 없다.

몇 개의 과일은 후식이며 초콜릿 탕, 비스킷은 이야깃거리의 반주가 된다.

여기에는 남의 칭찬도 하고, 흉도 보고, 이곳에는 정치도 하고, 창업도 있고, 질 좋은 물건, 나쁜 물건, 여기에는 사람을 죽이기도 살리기도 하며, 후회도 하고, 반성도 한다. 이렇게 하산 길은 삼권을 논하며 하루해를 보낸다.

이사

언 24년 동안 살던 아파트가 재건축再建築하게 되어 이사를 하게 되었다. 막상 이사를 하자니 이사 가야 할 곳과 이사비 용이며 이사는 어떻게 하느냐가 문제이다.

먼저 이사를 여러 번 한 선배들엔 의하면 이사를 해야 가 사물이 정리되고 정말 필요한 것은 가지고 과감히 버릴 것은 버리는 등 정리 정돈이 된다고들 한다.

약 24년 살았지만, 정이 들어서인지 멀리 가고 싶지 않았 다.

주위에 몇몇 부동산을 수소문했으나 가격과 마음에 드는 집이 없더니 마침, 가까운 부동산에서 전화가 왔다.

가서 봤더니 내가 사는 집에서 불과 150m 거리의 삼성 연립이었다. 지금 사는 집보다 못하다.

1월 8일로 계약했다. 부동산과 주인을 믿고 계약했다.

28일 중도금을 치르고 집을 수리하고 29일 월요일 잔금을 치르고 이사를 할 수 있게끔 약속했다.

포장이사를 하기로 하고 대충 가지고 가야 할 것과 버리고 가야 할 것을 살펴보았다.

이것은 흠집이 나서 버리고, 저것은 쓸 만은 한데 오래되어서 고려해 보고, 어떤 것은 쓸모는 있어도 비슷한 것이 한 개 더 있다고 또 생각해 보자 하니, 버릴 것이 없더라!

그냥 두자니 포장하는 사람은 종이 한 장이라도 버리질 않을 것 같다.

이것은 내가 돈 주고 어렵게 산 것이고, 저것은 내 손으로 만든 것이기에 마음과 손때가 묻어있어 좋고, 저것은 정성스럽게 선물 받은 것이니 선물한 사람을 생각하니 아무리 오래되었다 하더라도 버리기가 싫다.

이것을 만져보고 저것을 뒤집어 봐도 버릴 것이 없다.

그렇다. 내가 돈을 주고 샀던, 선물을 받았던, 혹은 내 손으로 직접 만들었던 모든 것이 내 마음, 정든 물건이다.

저것들이 사고思考가 있다면 나를 얼마나 원망하며 저주하겠는가!

내가 필요할 때는 사고, 만들고 했는데!

이 하늘에 해가 솟고 달이 뜨고 별이 반짝거리듯이 이 모든 것은 한집안 우주 안에 속해 있는 것이다.

장애가 있다 해서 버리겠습니까? 아니면 나이가 많다고 해서 두고 가겠습니까. 내가 있기에 내 품에 들어왔고, 나에게 유용하게 도움을 준 것들인데……

뿌리박고 사는 나무, 풀이라도 두고 가자니 몇 번이고 돌아보고 쓰다듬어진다.

방배동에서 이사 온 지 24년 동안 4남매 이집에서 공부시켰고 사회시민社會市民으로 활동하고 있으며 나도 이 집에서 늙었다.

손때 묻은 이 집, 이젠 흔적이나 볼 수 있을까?

안방, 작은방, 거실, 출입문, 힘주어 디디던 계단, 철 따라 공간 따라 위안 주던 화단, 나무, 꽃, 풀들 통한의 이별이구나!

그래, 재건축이라는 단어를 생각하자.

고요히 명상하며 옛날을 회상하고 무위자연無爲自然 했으면 좋겠다.

교통비

노인을 위한 교통비 이거 얼마나 좋은지요!

정부에서는 1개월에 12,000원씩 3개월마다 36,000원을 은행으로부터 찾아 쓰게 함으로 별 할 일 없는 우리네들은 재미가 여간 아니다.

은행에는 적은 돈, 많은 돈, 송금, 입금, 공과금 등 찾는 사람과 넣는 사람으로 항상 분주하다.

우리네 늙은이는 찾을 돈이나 넣을 돈 이래야 별로지만 거기에는 몸을 지탱해주는 포근한 의자가 있고, 철 따라 내 몸에 알맞게 해주는 온도가 좋다.

더욱 반가운 것은 잠시나마 문화예술 건강 등을 눈요기할 수 있는 잡지들도 비치되 어 있다.

그러기에 나는 은행 앞을 할 일 없이 기웃거리는 일이 종종 있다.

노인과 장애인을 위한 배려 시설은 많다.

고마운 일이다. 예전에는 어디 꿈이나 꾸었으려고.

역정驛亭에 가면 노인을 위한 휴게실이 있으며, 노인과 장애인을 위한 무임승차권도 준다. 전철이 가는 곳이면 어디든지 다녀올 수가 있어 좋다.

편히 모시는 어르신과 장애인 좌석도 별도로 있고요. 할인되는 통일호, 무궁화 등을 이용, 더 적은 운임으로 먼 길 여행을 하기도 한다. 새마을호, 고속철도도 노인과 장애인을 위한 조금의 배려가 있었으면 더 좋겠다!

또, 곳에 따라 노인과 장애인을 위한 편의시설 혹은 할인 혜택이 있다.

고궁, 운동장, 극장, 공원이 모두가 어르신과 장애인을 위한 혜택을 주는 곳이다.

이제 여러 곳에서 노인복지관을 짓고, 개관 혹은 운영하고 있다.

각별히 우리 노인복지관은 훌륭한 시설은 물론이거니와 몸에 밴 직원들의 친절은 어르신을 감복하게 한다.

우리 노인복지관에는 점심도 거의 무료이고 이발, 물리치료, 컴퓨터, 서예, 노래, 운동 등 다양한 과목을 저렴하게 배우기도 하고, 이용하기도 하니 얼마나 좋을 손가?

그러나 전철을 이용하고자 할 때는 창구로 가서 노인과 장애인이란 확인을 하고 무임승차권을 받아서 개찰구로 간다.

무임승차권을 받는 과정에 불편한 점을 개선해 주었으면 좋겠다.

무임승차권이나 유임승차권이나 제작하는 데는 막대한 예산이 필요하다.

노인 인구가 증가하는 요즈음 무임승차권도 그 양이 보통이 아닐 것이다.

노인과 장애인을 위한 무임승차권이 전체 이용자의 97.7%인 4,903억 원 예산이 소요되고 65세 이상 노인에게만 주어지는 표인데 비슷하게 늙어가는 어르신네를 구별하기도 쉬운 일은 아닌가 봐!

가끔 무임승차권 때문에 약간의 시비가 일어나는 것을 본다. 러시아워에 분주한 창구는 무임승차권을 주려니, 거스름돈을 내주려니, 정액권을 주려니, 손님의 목적지 요금을 확인하려니, 창구는 항상 분주하다. 기계 매표는 수작업보다 오히려 늦다.

좀 더 어르신과 장애인을 위하는 일이라면 노인과 장애인의 무임승차권을 없애버리고 평생 소지할 수 있는 표를 만들든지 아니면 주민등록증을 대용하는 방법도 있을 듯하다.

또 어르신 개찰구를 별도로 만들든지 아니면 특별매표소가 만들어져 있는 장애개찰구를 이용하면 일거양득으로 사려도 된다.

노인들의 수고도 덜고, 예산도 절약하고 인건비도 절약될 것이다.

노인이다 보니 건망증도 있어 개찰을 받은 표가 어디에 두었는지 혹은 개찰할 때 표를 갖고 나오지 않았는지 어느 주머니에 넣었는지 분주하게 혼자 빙빙 돌면서 찾는 일도 한두 번 있다.

이 또한 장애인도 불편하기는 마찬가지일 것이다.

당국은 한 시대의 국가 건설의 역군이시며, 애국자이신 어르신네와 장애인을 좀 더 편안하게 쉽게 이용하도록 배려를 해주었으면 합니다.

고향 원두막 이야기

"성수야" 재도在道가 다급하게 부르는 소리가 들렸다. "왜
그래 또" 성수의 퉁명한 대답이었다. 재도는 엉뚱한 짓을 잘
하는 아이이기에…… "오늘 우리 이정수 형 꽁무니를 밟아
보자." 제도의 제안이었다. 재도는 언제인지는 몰라도 형뻘
이 되는 이정수라는 마을 형의 이상한 기미를 알아차린 것
같다.

우리 마을에는 춘자라는 처녀가 있고 그 처녀는 마을 한가
운데 자리 잡고 사는 비교적 부유한 집안의 딸이다. 춘자의
아버지는 구장도 하고 면 대의원도 하는 마을 유지의 한 사
람이다. 춘자는 초등학교를 졸업하고 가사를 돌보다 보니 세

월은 빠른지라 볼이 불그레 익어가는 처녀가 되어있었다. 마을 입구에 집을 갖고 동네 품삯으로 생계를 이어가는 이정수는 날씬한 큰 키에 얼굴이 홍안이라 보는 이마다 탐을 내는 인물이었다. 흠이라면 집에 불구의 누이동생이 하나 있는 이정수는 누이동생과 가난이 걸림돌이 되어 여기저기 말만 무성할 뿐 선뜻 맞잡는 이가 없다. 이정수는 춘자네 집에 품삯 일을 자주 가곤 했다.

품삯 일을 할 적마다 이정수는 일하는 것보다 춘자 얼굴 한번 쳐다보는 것이 일 샀보다 즐거웠는지 모른다. 60성상 이전에는 남녀가 유별하여 동네에 소문이 퍼질 것 같으면 멍석말이라도 당하는 시절이라 마음에 있어도 감히 말은 고사하고 얼굴 한번 쳐다보기도 힘들 때라 연애라는 것은 마음에 내키기가 어려웠다. 이정수만 그런 것은 아니었던 모양이다. 이정수가 타작하는 마당을 괜히 앞치마를 휘날리며 왔다 간다 하고 쓸데없는 물 자배기를 이고 몇 번이고 물을 길어온다.

이쯤 되면 필경 문구멍을 뚫어놓고 일하는 정수를 여러 번 보았을 것이다. 헛물도 마셨을 것이다. 이것을 안 정재도는 형뻘이 되는 것도 잊은 듯 큰일을 제안한 것이다. "그래" 성수 역시 참고 거절한 위인이 아닌지라 두 사람은 의기투합하여 곧 계획을 짜게 되었다. 요즘 같으면 핸드폰(Hand Phone)을 흔하게 갖고 있어 연락이 쉬 이루어지고 작전이 쉽게 되지만 시대가 시대인지라 한마디 말, 동작 하나라도 직접 만나서 어느 샘, 어느 콩밭, 어느 밀밭 하는 수밖에 없었다. 마을 뒤 도랑보다 낮은 곳에 과수원 한가운데 원두막 한 채가 있다.

그 원두막 밑에는 콩을 걷어 동을 묶고 원두막 네 기둥에 붙여 세워 놓았다. 가을 벼농사 위주인 농가에서 콩 타작은 손이 나는 대로 타작하는 것이 농촌의 현실이다. 마을로부터 과수원 원두막까지는 800m 정도의 거리가 있고, 아랫마을 윗마을 가는 사이에 있다. 과수원 옆으로 수리 도랑이 놓여있고, 가뭄이 심할 때는 수리 물을 이용하기도 한다. (D-day)가 왔다. 재도 그리고 동수는 밤을 새워가며 몇 날을 춘자네 집을 매복 감시하고 있고, 반면 성수는 이정수네 집을 매복하도록 임무를 받았다.

오늘도 성수는 저녁을 먹는 둥 마는 둥 하고 이정수 집 앞

우물 옆 사철나무 뒤에 숨어서 어느 날 같이 숨죽이고 감시하고 있다. "어······" 하고 외마디 소리를 지르며 성수의 눈이 번쩍거렸다. 이정수는 집을 나와 마을을 벗어나 수리 도랑을 밟기 시작했다. 이정수의 발걸음이 한층 빨라지기 시작했다. 두 줄로 나란히 놓인 도랑 길 위로 검은 그림자가 움직이는 것을 달빛은 잘도 비춰준다.

첫서리가 달빛에 반짝인다. 두더지, 들쥐, 풀벌레들이 제 집에서 잠들고 있을 시간 검은 이정수의 그림자는 과수원 원두막 쪽으로 점점 가까워진다. 이정수는 잠시 사방을 두리번거리다 원두막이 가까워지니 걸음이 느려지고 무엇을 기다리는 듯했다. 그때의 마음은 얼마나 두근거리고 초조했겠느냐! 내 마음도 이렇게 콩닥거리는데! 성수는 한 발이라도 이정수에게 가까이 가려고 도랑 옆에 엎드려 옷이 찢어지는지 무릎이 까지는지도 모르고 살살 긴다. 초가을 날씨는 차다.

입에도 코에도 허연 김이 뿜어 나온다. 성수가 더 가슴이 뛰고 숨이 가쁘다. 정수는 재도의 정보가 확실하지 않다면 며칠을 두고 헛고생하는 것 아닌가 하는 생각을 하니 화가 나기도 했다. 그러나 오늘만은 틀림없을 것이라고 믿고 있다. 괜히 이 밤중에 여기까지 올 이유가 없다고 판단하다. 그때였다. 반대편 아랫마을에서 올라오고 있는 검은 그림자가 도랑을 타고 이정수가 있는 쪽으로 오고 있다. 달빛에 보아도 치마가 펄럭이는 모습이 여자임에 틀림이 없다. 한 발, 한 발, 가까이 더 가까이……

두 물체는 완전히 가까워졌다. 손을 잡는 듯하더니 한 손이 춘자의 허리를 감싸 안는다. 고요한 밤이라 그런지 숨소리도 크게 들린다. 잠시 주위를 살피더니 약속이나 하였는지 원두막 쪽으로 쏜살같이 달려간다. 도랑과 원두막까지는 약 20m 거리다. 그런데 내가 서 있는 맞은편에서 또 한 그림자가 움직인다. 하나도 아니요 두 그림자다. 이 두 그림자는 춘자네 집을 감시하고 있는 매복조였다. 춘자는 아랫마을 작은댁에 들렀다가 오는 것 같다. 매복조도 춘자의 작은댁까지 따라붙은 모양이다. 소리 내어 이야기할 수 없는 우리는 손짓 발짓을 해가며 쾌재를 불렀다. 이정수와 춘자의 움직임을 소리 없이 도랑에 엎드려 주시하고 있는 눈들은 한 동작도 놓치지 않는다. "참, 재미있다." 동수의 말이었다.
춘자와 이정수는 원두막 밑에까지 갔다. 원두막에 올라가려는 계획이다. 원두막은 문이 사방으로 닫혀있고 원두막

바닥은 나무판자로 깔려있어 몇 사람 올라가 뒹굴어도 괜찮게 돼 있다. 원두막 위에 올라가 문을 내리면 사방이 가려져 안에서도 밖을 살필 수가 없다. 더욱이 밤이기에…… 우리는 엎드려서 도랑을 타고 넘어 원두막 밑까지 살살 기기 시작했다.

세 그림자는 원두막 밑에까지 왔다.

소곤대는 그네들의 말소리는 알 수가 없으나 원두막이 흔들리기 시작했다. 우리는 뜻 모르게 흔들리는 원두막 밑에서 여섯 눈이 마주쳤다. 눈들이 똥그랗게 달빛에 반짝인다. 그 순간 계획은 없다. 눈만 깜박거리고 있는데 재도가 주머니에서 탑이라고 쓰여 있는 성냥갑을 꺼낸다.

소리 없이 성냥을 쥔 재도의 손이 허공을 찌른다. 재도는 일찍 담배를 피운지라 항상 탑 성냥갑을 갖고 다닌다. 시간은 가고 원두막 네 기둥은 점점 심하게 흔들린다. 세 사람의 의견은 재도의 성냥을 쥔 손에 일치했다. 순간적이다. 재도는 성냥을 켜 콩깍지에 불을 붙인다. 여기저기 돌아가며 불을 붙인다. 불길은 삽시간에 연기를 내뿜으며 따닥따닥 소리를 내면서 온 들을 환하게 비치며 타기 시작했다. 이어 짚으로 된 원두막 문에 불이 붙기 시작했다. 불 지른 우리 세 놈은 날쌔게 도랑 넘어 숨었다. 불빛에 눈이 반짝이며 도랑에 엎드려 불타는 광경과 그 안에 일하는 사람들의 동정을 살피고 있었다.

"쿵" 한 물체가 떨어졌다. 뒤따라 또 한 물체가 떨어진다. 원두막은 그렇게 높지는 않으나 떨어지는 그 순간은 아찔했을 것이다. 분명 여자는 흰 저고리에 검은 치마를 입었는데 검은 치마는 간 곳이 없고 두 사람이 흰 차림으로 뛰어내렸다. 다리를 다쳤는지 한 발을 질질 끌며 엎어졌다 넘어졌다 하며 뛰기 시작했다. 도랑에 숨은 위인들은 소리 내어 웃는다. 소리친다! 손뼉 친다! 배를 움켜쥔다. 이 밤 두 그림자는 간 곳을 알 수 없고 원두막은 흔적만 남기고 사라지고 말았다. 아 옛날이여!

이제 옛이야기를 하는 것을 보니 나도 늙었나 보다.

복지관 임시 카페를 보고

　며칠 전부터 복지관 사무실이나 강의실 할 것 없이, 강의실에는 강의실대로 복도에는 복도대로 카페(cafe)에 대한 이야기가 회자膾炙하곤 한다. 담당 복지사는 강의시간 몇 분 전에 들어와서 카페(cafe)에 대한 설명과 식권을 이용하는 방법, 대상 등을 설명하곤 들 했다.

　실은 복지관에서는 자주 하는 행사가 아니기에 기대도 크고 흥미도 있을 듯하여 궁금하다. 행사 위한 화분도 협조받아 준비하고, 좋은 말도 한 절씩 적었다. 이 모든 준비가 복지사의 지혜와 아이디어로 만들어진 물건들은, 강당에 장식되고 5층에는 어디서 가져 왔는지 이쁜 텐트로 말끔하게 준비되어 있었으며, 이렇게 하는 것은 처음 보는 일이라 본인으로서는 흥미진진興味津津하다.

2005년 7월 22일은 복지관에서는 자선 잔치가 열렸는데 복지관만의 잔치가 아니라, 재단이사장은 물론 어거니와 시장, 구청장, 한나라 지구당위원장, 노인지회장 외 많은 손님이 참석하여 성황을 이루었다.

음식의 제조창은 응당 식당에서 이루어졌으며 목청을 높여 티켓(ticket) 번호를 불어대는 장민경 선생의 호출하는 소리가 강당을 사로잡는다. 자원봉사로 참석한 아주머니들은 호명하는 음식물 내용대로 장민경 선생 앞으로 날라진다. 다음 순서는 다른 봉사자의 몫이다. 강당 혹은 5층 식탁 배열담당자는 순서대로 모신 손님 앞에 가져다 놓는다.

연회석은 점점 분위기가 무르익어간다. 처음 시작始作 시時와는 달리 많은 손님이 덜 드니만 몇백은 됨직하다. 시중市中 어떤 카페(cafe)와 같은 환경은 아니더라도 충분히 이해 가는 카페(cafe)의 분위기다.

시작 2, 3시간은 나이 든 어르신들이 오시더니만 차츰 젊은이와 가족단위의 손님이 늘어간다. "내 아들이여!" 하고 소개하는 이, "딸들 가족이여!" 하며 서로들 소개하는 분위기가 좋았다.

이렇게 어르신들의 아들 식구, 딸 식구들이 왔으니 얼마나 좋을까! 이것이 다 경로, 효도 그 자체가 아닌가 싶다. 우리 사회가 버릇없는 세상이 되었다 하더라도……

"어, 여기야 동창 야!" 하는 젊은이는 직원이나 봉사자의 동창 아니면 친구임이 틀림없을 것 같다고.

"자네 참 오랜만이다. 어떻게 지내니 건강하지!" 차림이나 인사말을 보아 어르신들의 친구인 듯하다. 좀 부담 가는 만 원이지만 어떤 이는 제법 쓰는 이도 있다. 그러나 여기에는 보편적인 가치관보다 의미 이상의 특수가치관이기에 그런대로 지부지관知不知觀하고 넘어간다. 말이야 바른 말이지. 과일 한 접시에 차려진 양을 보아서는 1만 원은 너무하다, 생각된다.

노래가 있는 곳, 음악이 있는 곳, 연회석에는 응당 있는 일이라 노부부의 노래도 있고, 젊은 학생들의 생음악이 있는가 하면 여학생들의 춤도 즐거움을 주었다. 티켓에 대한 추첨도 몇 차례 하여 상품으로 즐거움을 더하여 주었다.

그러나 아쉬움도 있다. 불교합창 팀이 기타 봉사도 하고 노인들에게 즐거움을 주기 위하여 노래봉사도 하는 팀이 왔는데도 주최 측에서는 아는지 모르는지 이해가 가지 않았다.

처음 어디서 이렇게 좋은 화음이 들리나 하고 소리 나는 곳으로 가보았다. 10여 명의 젊은 아주머니들이 피아노 앞에서 만들어 내는 화음은 강당을 자욱이 적시고도 남음이 있다 하겠다. 한데 이 화음이 강당을 사로잡을 듯하니 한 젊은 학생이 강당 기계실로 들어가 앰프를 크게 틀어버리더라, 이 무슨 해괴한 짓이더냐. 무대에서 정식합창은 못들을 지라도 젊은이의 구미에 맞지 않은 노래라 해서 앰프 톤을 높이는 것은 남의 노래를 방해하는 짓이 아닌가 싶다. 여기에는 오히려 젊은이보다 나이 든 손님이 더 많은 같았는데 이것은 상식을 넘어 폭력에 가깝다 할 수 있다.

이 카페(cafe)를 늦도록 지켜왔다. 그 큰 키의 장 부장도 음식을 들고 계단이 꺼지라고 하고 뛰는 것을 보니 과연 손님이 많구나, 바쁘구나, 생각된다. 헐떡거리고 땀 흘리는 이 과장의 명패도 앞뒤로 덜렁대는 모습이 과연 행사 같더라. 5층 텐트 밑에는 옹기종기 앉아있는 식탁마다 전등불이 현란하고, 강당에는 추억의 사진이 걸려 시선을 끈다. 화분들은 강당 주위로 늘어놓고 좋은 말 한마디씩 패를 달고 섰다.

'꽃이 없어도 마음이 있다면 열매를 가진다. 어떤 화분의 충고이다.' (무화과 나무)

식당 식탁 위에는 아이템대로 진열하여 놓고 불러 가기만 기다리고 있는 모양이 보기 좋아 이 모습을 사정없이 셔터를 눌러댔다. 희망이 있고 창조가 있으며 개성이 넘치는 이 자리가 내 자리라고 생각해서인지 칭찬도 하고 충고도 하고 싶다. 좀 더 세밀했으면 하는 아쉬움이 남는다.

자살自殺이 무어야

살기가 싫다고요. 살기가 힘들다고요.
살기가 어렵다고 자살하는 분이 간혹 있다고 들었습니다.

약은 쓰고 먹기가 싫어도 먹어야 하는 것이 약이지요. 몸
이 아플 때는 약을 먹지요.

마음이 아프면 어떻게 해야 할까요? 부처님에게 매달립시
다. 부처님은 희喜 노怒 애哀 락樂을 함께 하고 있기에 말입니
다. 부처님은 희喜를 알려주시고 노怒를 깨우쳐 주시고 애哀
를 풀어 주시고 락樂을 만들어 주시는 원천조건 등이 있기에
매달립니다.

죽고 싶으냐? 자살하고 싶으냐? 자살을 거꾸로 읽어 보셨어요.

'살자'로 바꾸면 세상이 바뀔 텐데, 왜 왜 자살이냐? 잠깐 '살자'로 바꿔본 적은 없으시나요, '살자'로 바꾸는 이 순간 세상을 돌려놓고 그 용기는 보약이 될 것이며, 보약보다 더한 가치를 지닐 것이며, 출세의 카펫이 깔릴 것이라고 믿습니다.

행복도 있고, 꿈도 살아날 것입니다.

집안의 사랑이 거기에 있고 우애 속에 효행孝行도 생성할 것임을 의심하지 않는다.

자살이라고 할 때는 나와 이웃도 없을 것이고 나의 줄기세포가 무엇인지도 생각지도 못했을 것이다.

암흑 속에 발 디딜 곳이 어디인지도……

'살자' - 환희와 희망이 용트림 치는 삶의 벼리가 여기에 있으니 무엇으로 형언할 수가 있겠습니까? 길이 있고, 할 일이 보이고, 가족이 웃어주고, 부모의 골이 펴지는 소리가 곁에서 들릴 것이다.

바뀌는 인생관은 푸른 숲, 들에 꽃이 피고 마을 새 노래 들리는 작은 보금자리가 내 앞에 세워질 것이다.

여기에는 부모가 있고, 가족이 있고, 국가가 비로소 재생

하는 화음의 노래가 들일 것이다.

　나아가 미래의 신도 찾아주고, 박수를 칠 때 나와 내 가족은 손잡고, 무릎 꿇고 신의 소리를 들으며 그곳에 합장하여 살리라.

　그도 그 자식도 그 이웃도 함께하고 나도 함께할 것이다.

산소를 돌아보고

　시절은 첫날이나 지금이나 어제오늘 어김없이 차례대로 찾아오는구나!

　나는 첫째, 둘째 아들을 데리고 승용차로 새벽 5시 30분에 서울을 출발 오전 9시경에 대구 큰댁에 도착했다. 미리 연락한 관계로 큰댁 장조카 내외와 그 가족은 저녁상을 차려 놓고 기다리고 있었다. 소문에 의하면 주말 찻길은 거북이 길이라 하더니만 새로 조성한 중부고속도로라 그런지 두 번의 휴게소를 들른 뒤 보통 시간대로 큰댁에 도착하니 후련하다. 명절날 같으면 항상 5~7시간이라 고역 끝에 힘들게 도착하는 나로서는 이번 성추省楸 계획은 똑똑한 일이라고 생각했다.

남의 집이라 그런지 내일 일을 생각해서인지 새우잠으로 날을 밝힌 아침, 우리 일행과 고향 형제, 종제들과 세 대의 승용차로 선산 종아리에 도착하여 자리를 잡았다.

오늘날까지 성냥갑 같은 시멘트 우리 속에 살던 나로서는 산, 나무, 풀, 벌레 등 가까이 눈에 들어오는 것마다 신기하다. 이름 모를 나무, 풀들은 물론이거니와 늦은 여름, 초가을 꽃들은 초면이다. 색깔과 모양이 다르고 키 큰 나무에 매달려 사는 풀도 있고, 나무와 나무, 풀과 풀, 혹은 나무와 풀 서로 어깨동무하고 바람에 흔들리고 속삭이는 듯하다. 그 속에 이름 모를 곤충, 벌레들이 자로 앞질러 길을 멈추게 한다.

앞서가든 큰아들이 나이 50인 데도 뱀을 보고 "깜짝이야!" 하고 놀라니 나도 덩달아 깜짝 놀랐다. 하기야 '뱀하고 경찰은 평생 안 봐도 보고 싶지 않다.' 고 하더니만! 도시에서 자라 도시에서 사회생활을 하다 보니 짙을 대로 우거진 숲 속을 오늘처럼 본 적은 없을 것이다. 사람의 키를 훌쩍 넘기는 새들이며, 칡덩굴, 소나무, 뽕나무들은 물론이지만, 앞이 보이지 않는다.

  산을 오르려니 엉키고, 설 큰 나무, 풀을 헤치고 산길을 만들어가며 올라가야 할 판이다. 군데군데 웅덩이에는 고기들도 놀고 물방개가 물풀 사이로 숨바꼭질하며, 위로는 물새들이 내 마음을 사로잡는다. 나는 새소리에 취했는지 풀, 나무, 몸짓에 반하였는지 나도 모르게 소월 시詩

  "산에는 꽃이 피네 꽃이 피네!
  가을 봄 여름 없이 꽃이 피네!
  산에 산에 피는 꽃은
  저만큼 혼자서 피어있네!
  산에서 우는 작은 새야
  꽃이 좋아 산에서 사노라네!"

  '산유화' 노래가 절로 흥얼거려진다.

  나는 왜 여기를 왔는지를 잠시 잊은 듯이 숲, 풀을 헤치고 낫질을 하며 산길 만들기에 온 힘을 다하였다. 30여 분 흠뻑 젖은 옷과 얼굴을 닦고 보니 묘판에 이르렀다. 장조카가 한식 혹은 기회 있을 때마다 산소를 잘 돌봐주어서 그런지 이곳은 마치 고요와 정적을 함께하는 낙원 같은 산이다.

우리는 예초기 두 대를 준비하고 연장 정리하고 연료를 넣었다. "벌초伐草는 이렇게 하는 것이다." 하며 장조카가 시범을 보이기 시작했다. 기계를 등에 메고 작동하기 시작하니 순식간에 산골짝은 예초기 소리로 가득했다. 옛날 어르신들이 하시던 대로 미리 장만한 음식을 산 한쪽에 차려놓고 동생이 산신에게 고하고 일을 시작했으나 갑작스러운 쇠붙이 소리에 산새, 들새, 나무, 풀들이 놀랐을 것이다. 30도가 오르내리는 초가을 골짜기에 두 대의 예초기는 소리를 내지르고 베어진 풀들은 갈퀴로 긁어 묘판에서 멀리 치우노라면 해는 허기를 가르친다. 풀 깎은 묘판은 축구장 한 자락같이 판판하고 보기로 좋다. 윗대 할아버지로부터 순서대로 가지런히 자리한 묘는 저들은 반기듯 하고 풀 속에 숨어 살든 벌레들은 갑작스러운 난리 통에 갈 길을 헤맨다. 벌들은 윙윙 돌며 높이 혹은 낮게 곡예를 부린다. 이것을 본 장조카는 얼른 살충제 통을 들곤 벌집을 향하여 화염방사 하기 시작한다. 벌들은 화염방사에 날개와 몸을 태우고 곤두박질을 친다. "야 벌들아, 미안하다. 우리 할아버지를 위하다 보니 너희가

다칠 수밖에……" 윗대 어른 순서대로 준비한 음식으로 제祭를 올리고 평평한 그늘 밑에서 점심도 먹고 반주도 한 잔씩 했다. 흥겨운 노랫가락이 잠시 골짜기를 점령하기도 했다.

우리 아이들은 큰댁이 시골이라 명절날마다 산소를 찾았으나 항상 산소가 깨끗한 모습만 봤지 오늘같이 이렇게 힘들게 노력해야 한다는 것을 미처 모르고 있었다. 오늘에야 처음 보고 배우고 느끼고 하니 감회가 깊다고 말한다.

"그래. 큰댁 형님은 이렇게 혼자 수고 하였느니라, 너희들도 이제 매년 벌초하는 날을 형과 수의하여 오늘같이 하도록 하여라." 하고 아버지가 한 말씀 했다.

마지막 손질을 마치고 다시 큰 문중 산으로 이동했다.

지금까지는 우리 집 직계의 산소이지만, 여기는 전前문중의 산소들이다. 그리고 나에게 큰댁이며 형님의 산소는 여기 문중 산에 모셔있다. 형님은 젊어서 읍장, 구청장을 끝으로 퇴직하신 분이다. 장조카의 아버지이신 그분은 오랜 공무원 생활을 하는 동안이나 일상생활에도 청렴결백하기로 이름이 나 그때 면내, 읍내, 시에 여러 유지가 뜻을 모아 추모비까지 세워 주었으며, 대통령 훈장도 받은 바 있다. 여기도 전부 할아버지 산소다. 먼저 할아버지 산소를 손질한 다음 마지막으로 형님의 묘를 손보고 나니 해는 눈높이를 맞추고 있고, 우리 갈 길도 재촉한다.

많은 조상님을 뒤로하고 발길을 돌리니 저분들의 애동대동하던 그 시대는 어떠했을까? 마음으로 그려보며 고속도로 위에 차를 올렸다.

3^부

해방출생

해방 출생

"성수야"

아버님의 부르시는 말씀이 사랑채에서 들려왔다.

"예"

성수는 얼른 안채에서 사랑채로 뛰어간다.

우리 집은 사랑채 옆에 소 외양간과 그 옆에 어설프게 만들어져 있는 디딜방앗간이 있다.

몸채에는(안채) 부엌과 그 옆에 큰방, 그다음 대청, 그 건너 또 방이다.

부엌에서 나오면 몸채 앞으로 길게 마루가 연달아 놓여 있는 전형적인 한국형 가옥이다.

ㄷ자형의 집인데 안채 옆에는 창고가 또 있다.

큰 창고는 안채 가까운 곳에 있고 그 옆에 방, 또 방이 이렇게 이루어져 있다.

곡식 타작을 마당에서 하는 것으로 봐 비교적 넓은 편인가 보다.

"아버지 부르셨습니까."

"그래"

"무슨 말씀인데요?"

"내일 외가外家에 다녀와야겠다."

"외가는 왜요."

성수는 의아한 표정으로 되물었다.

"응, 외할아버지 찾아뵙고, 어머님의 건강을 말씀드리고 약을 지어 주십사 여쭤어라.""그런데요?"

성수의 다음 말이 무슨 말이 나올지 아버지는 미리 짐작하고 계셨다.

실은 그때 전화는 물론이고 버스도 없을 시대時代다.

유일한 교통수단은 걷는 것이 아니면 자전거를 이용하는 것이다.

그러나 70호 정도의 이 마을에 자전거를 갖고 있는 집은 세 집에 불과하다. 거기다 다른 집 자전거는 공기를 주입하는 공기타이어 자전거인데 우리 집 자전거는 통 타이어 즉 바람을 넣지 않고 타는 자전거다.

타이어가 두껍고 단단하여 공기를 넣는 튜브 자전거보다 털털거리고, 속도도 느리고 힘도 들고 부드럽지 못한 자전거지만 튜브 자전거보다 안정성이 있다.

왜냐고요. 펑크가 나지 않으니까!

그때 그 시절의 길은 국도란 국도는 주민들의 강제부역으로 만든 길이기에 전부 자갈길이다.

크고 작은 자동차가 지나갈라치면 먼지는 하늘을 덮는다.

길갓집은 빨래도 제대로 말릴 수가 없으며 장독대 위에는 눈이 온 것 같이 흙먼지가 보얗다. 길옆 산, 나무들도 뽀얗다. 인도가 별도로 있는 것도 아니고 돌, 자갈길은 걷기조차 힘들다. 그나마 차바퀴가 지나는 곳은 깊이 파이고, 그렇지 않은 곳은 자갈이 밀려 나와 통행하기에 여간 불편하지 않다.

신발이라고 있어 봐야 짚신 아니면 왜놈들이 가끔 배급으로 주던 바닥은 고무요, 위에는 천으로 되어있고 끈으로 매는 일본말로 '자기다비'라는 신이 전부다. 이 신발은 엄지발가락 사이가 갈라져 있는 신이다. 그것도 아니면 복사뼈에 피 마를 날 여지가 없는 나막신(게다) 아니면 검은 고무신이다.

이런 신을 신고 자전거 페달을 밟기가 숙련되지 않으면 힘들다.

자전거를 아무리 잘 탄다 해도 100리(40㎞) 왕복은 힘들다.

이 자전거로 오일장에 한번 다녀올라치면 걸어갔다 오는 것보다 나을 것이 없다.

타는 것 반, 밀고 오는 것 반이니 말만 자전거지 없는 것보다 못한 것이다. 엉덩이가 헐고 끌고 다니는 일이 허다하다 해도 자전거를 가지고 있다는 허황된 자존심 때문에 버리지 못하고 타고 다니는 이유가 그중의 하나다. 더욱 이 자전거를 버리지 못하는 이유는 처음 자전거를 배우는 것은 이런 자전거가 아니면 누가 빌려주는 사람도 없거니와 배운다는 아쉬움 때문에 그래도 가지고 있는 것이 낫다.

우리 집은 전형적인 농사꾼 집으로써 울타리는 수술이 대나무로 둘러싸여 있으며 대나무 울타리 안쪽에는 여러 종의 감나무가 자라고 있다. 이 감나무와 수숫대로 말미암아 가을 풍경이 한 폭의 그림과 같이 조화가 어울린다고들 한다.

집 뒤로는 수리 도랑이 흐르고 수리 도랑 한쪽 길은 수래도 다닐 수 있을 만큼 넓이의 길이다.

한쪽 길은 과수원 울타리와 탱자나무가 접하고 있어서 다닐 수가 없다. 이 도랑길은 항상 성수가 자전거 연습하던 길이다. 어리지만 꽤 자전거를 잘 타는 편이다. 여기서 외가까지는 90리(36km) 거리의 하루가 버거운 길이다.

외가를 가는 길은 몇 가지 길이 있으나 자전거를 타고 가기에는 국도를 이용하기가 제일 쉽다고 한다. 집에서 하장면河場面 소재지까지가 4km, 하양에서 금호면까지가 4Km, 금호에서 영천읍永川邑까지가 4Km, 영천읍永川邑에서 화산면花山面 삼부동까지가4Km, 그래서 약 16Km의 거리다.

제일 힘든 길은 금호에서 영천읍까지 가는 길목에 땅 고개라고 하는 고개가 있는데, 무엇 때문에 땅 고개인지는 알 수 없으나 꽤 가파른 고갯길이 힘이 든다.

하양과 금호는 무사히 통과할 수 있으나 땅 고개를 넘는 것이 성수에게는 큰 시련과 고난이다.

이 고개만 넘으면 영천까지는 내리막길이라서 수월하게 갈 수가 있다. 금호를 지나 땅 고개에 다다를 때, 도저히 타고 갈 수가 없어 자전거를 끌고 고개를 올라가려고 할 때 마침 형님 나이 또래의 청년이 내 곁으로 오더니 "학생 그 자전거 내가 앞에 타고, 학생은 뒤에 타고 같이 타고 가면 안 되겠니." 하고 제의를 해왔다.

그렇지 않아도 자갈길에 자전거를 밀고 고갯길을 오르려니 땀은 비 오듯 쏟아지고 먼 길을 왔기 때문에 몸도 지칠 때로

지쳐 있을 때였다.

내가 타고 가는 것보다 고갯마루까지 자전거를 갖다 주기라도 했으면 하는 판인데, 같이 타고 가자니 여간 반가운 일이 아니다.

그 형이 보기에는 내가 자전거를 끌고 가는 것이 안쓰러웠는지 도와주는 겸 자기도 좀 더 빨리 가고자 생각한 것 같다.

이 자전거는 통 타이어지만 튜브 타이어와 겉보기에는 비슷하여 눈여겨보지 않으면 모른다? "형, 그렇게 하시겠어요." 하고 얼른 자전거를 형에게 맡기고 나는 뒤에 타고 길 형은 앞에 탄다.

자동차 타이어가 밟고 다니던 길을 택하여 길 형은 엉덩이를 들고 페달을 밟기 시작하였다. 고갯마루 턱까지 왔다.

"야, 자전거가 왜 이렇게 구르지 않느냐? 무슨 자전거가 이러냐." 하며 땀에 적은 얼굴을 손수건으로 훔치면서 말하였다.

그래도 나는 엉덩이는 좀 아프지만 내가 타는 것보다 훨씬 편하고 좋았다. 돌, 자갈길이라 자전거가 달릴 적에 돌멩이에 부딪히면 마치 말 타고 가는 듯이 자전거가 풀쩍 풀쩍 뛰기도 한다.

그때는 깜짝깜짝 놀래고 엉덩이가 아프다. 옛날 곤장 맞는 것도 이만한지요!

그러나 영천까지만 이라도 같이 타고 갔으면 하는 마음이 간절하다.

혹시 그만 타고 자전거를 나에게 돌려주고 가면 어떻게 하나 조마조마했다.

"형, 여기부터는 내리막길이잖아요."

"그러니 여기부터 영천까지는 금방 갈 수 있어요."

성수는 어쨌든 같이 타고 한 발이라도 외가 쪽으로 쉽게 가기 위하여 은근히 재촉했다.

길형은

"그래. 다시 한 번 시작하는 거다."하고 조금 전과 같이 자전거에 올라탔다. 내리막길이라 올라올 때보다 훨씬 수월하고 빨랐다.

끝까지 길형은 이 자전거가 바람 넣는 자전거가 아니라는 것을 모르고 두 사람이 타고 가다 보니 무리하여 잘 구르지 않는 거로 알고 있는 듯했다. 내리막길은 우리 두 사람이 탄 자전거를 호되게 후려갈기듯 쏜살같이 내려가고 있었다.

굵은 자갈밭 길은 자전거를 순하게 굴러가게 할 턱이 없다.

자전거 바퀴와 돌은 사정없이 부딪치고 무거운 자전거는 구르는 것이 아니라 뛰는 것과 같다.

얼마를 내려왔나! 갑자기 형은 자전거 브레이크를 잡더니 자전거에서 급히 내려 급소에 손을 대고는 죽는다고 소리를 쳤다.

나는 너무나 놀랬다.

자전거와 같이 길옆에 내동댕이쳐진 나는 어쩔 줄을 모르고 겨우 일어나서 옷을 털고 형에게로 갔다.

"웬일이야."고 물었다. 형은 급소에 손을 넣은 채 한 손으로 허공을 저으면서 말도 하지 말라는 신호를 보낸다. 땀에 젖은 얼굴은 핏줄이 붉거지고 사색이다.

한참 길섶에서 급소를 만지고 일어나서 뜀뛰기를 몇 번 하더니 "야…… 이제 살았다." 하며 혈색이 없는 얼굴로 말하였다.

실은 자전거가 내리막길에 달려가면서 굵은 돌에 이리 받히고 저리 받히고 요동치다 보니 안장의 앞부분이 형의 급소를 찔렀던 것이다.

나는 한편으로는 우습기도 하고 한편으로는 아쉽기도 했다.

좀 더 같이 타고 가주었으면 하고 속으로 은근히 바라고 있었으나 이것은 내 마음에 불과했다.

"학생 이제는 더 같이 타고 갈 수가 없다. 이 자전거는 무

엇이 이렇게 힘드냐? 내가 타본 자전거 중에 이렇게 못난 자
전거는 처음 봤다.”하며 넘어져 있는 자전거를 바로 세우면
서 “잘 타고 왔다.”하고는 자전거를 나에게 넘기고 곧 걸어
가 버렸다.

영천읍은 이제 1,000m가량 가면 되고 거기에서 다시 안
동쪽으로 4㎞ 이상을 더 가야 하는데 몸은 벌써 지쳐있었다.

태양은 내리쬐고 가끔 지나가는 자동차는 흙먼지를 휘날리
니 얼굴에 흙먼지가 뽀얗다. 목은 마르고 갈 길은 멀고 ‘누
가 또 그 형과 같이 이 자전거를 동승할 사람이 없을까?’ 속
으로 기대를 하면서 자전거에 올라탔다. 나이 10살인 성수
를 감히 100리나 되는 원거리를 자전거를 타고 외가까지 심
부름을 보내는 것은 무리이다. 그러나 아버지는 그만큼 성수
에 대한 믿음이 있기 때문이다.

나이는 10살이나, 그 성격이나 행동은 15살 먹은 지능과
행동을 하며 낯선 곳에 가더라도 누구에게도 지지 않는 성격
이기 때문에 믿는 것이다. 집안에서 항상 성수는 어디 갖다
놓아도 살 것이라고 하였으며 동네에서 또래인 사공등, 조희
태, 사공칠 등이 있어도, 씨름을 하나, 놀이를 해도 지는 법
이 없다.

한번은 이런 일이 있었다. 때는 1941년 일제시대日帝時代

하주국민학교河州國民學校 3학년學年 가을의 이야기다.

집에서 학교까지는 4㎞ 거리이다.

아침에 보리밥 한 그릇 먹고 집을 나선다.

학교까지 가는 길은 크게 두 가지 방법이 있다.

한 가지는 걸어서 가는 길이고, 또 한 가지는 청천青泉역까지 가서 기차를 타고 하양까지 가는 길이다.

그러나 돈이 있는 사람은 기차를 타고 통학을 하지만 여의치 않은 사람은 걸어서 통학하는 수가 많다. 나도 후자의 무리에 속한다.

환상동環上洞은 1구, 2구, 3구로 나누어져 있는데 통틀어 환상동이라고 칭한다. 성수가 사는 마을은 환상 2구에 속하고 속명으로 주로 새마을이라고 부르고 있다.

1, 2, 3구 중에 제일 적은 마을이며 사공대司空代와 조씨曹氏가 많이 살고 타성들이 대부분이다. 성수는 채씨蔡氏로 큰집, 작은집 형제가 이 동네에 살고 있다. 성수와 같이 학교로 가는 또래 친구들은 3동(건흥동)에 사는 정문율, 정재일 등이며 성수가 살고 있는 2동(새마을)에는 사공길, 조희태, 사공동 등 몇 친구가 있고, 1동에는 조희철, 한병열 등이며 1, 2, 3구 모두 여자는 없었다.

하양면 소재지와 경산군 소재지는 1, 2, 3구동 앞으로 국

도는 아니더라도 자동차가 다닐 수 있는 꽤 큰길이 있다. 가
로수는 띄엄띄엄 심어져 있으며 건흥들이라 해서 대구지방
의 동녘에 속해 있는 넓은 들이 있다. 이 길은 일본 놈들이
이 지역의 이점을 수탈하기 위하여 놓인 길이라 생각된다.

"어이 성수야, 학교 가자."

"그래, 곧 나가마."

이렇게 시작한 등굣길은 환상1동 앞에서 대개 모이게 된
다.

너도 나도 할 것 없이 비슷하게 책보자기는 허리에 둘러매
든지 한쪽 어깨 반대편 겨드랑이 밑으로 매고 다닌다.

옷들은 형들에게 물려받은 옷이 아니면 얻어 입은 학생도
있고 맏이인 경우는 새 옷을 입는 경우도 있다.

누더기 같이 기워 입은 아이도 있고, 아니면 금방 헤어져
내릴 것 같은 옷, 무릎 엉덩이가 보일 것 같은 옷, 한복을 여
러 벌 껴입은 아이들도 있다. 제 앞가림을 못 하는 아이들도
있다. 그래도 이상한 것은 일률적으로 똑같이 몸에 붙이고
다니는 것이 있으니 그것은 신발이다. 신발은 하나같이 개다
(일본말)라고 하는 나무로 만든 신발이다.

얼마나 신이 귀하면 이토록 복사뼈에 피가 마를 날이 없는
개다를 신고 다녔을까. 만들어 신은 버선, 혹은 누덕누덕 기

워 신은 양말의 복사뼈 위로 항상 피가 엉겨 마른 자욱이 누구나 있다.

그 이유는 걸을 때마다, 발자국 뛸 때마다 개다 뒤끝이 상대편 복사뼈를 후려갈기기 때문이다.

거기라고 길은 자갈길이라 여간 힘든 걸음이 아니다.

환상 1동을 지나 800m 정도 학교 쪽으로 가면 대조동이 나온다.

대조동을 지날 때 등교하는 학생 눈을 유혹하는 것이 많다.

완전히 숲 속을 걷는 격이다.

일본 놈 '시노하라' 라는 사람이 이 지방 좋은 땅 전체에 나무를 심어 자기네 일본으로 가져가기 위하여 식목재배단지를 만들어 운영하고 있다. 자기 나라의 자본을 투입하여 값싼 우리 동포의 노동력을 수탈하여 수목 모종원을 운영하고 있다.

벚나무, 밤나무, 감나무, 향나무, 복숭아나무, 소나무, 오리나무, 등 헤아릴 수 없을 정도의 종류가 많다.

넓은 들에 많은 나무 씨앗을 심어 미처 뽑지 못하고 그냥 자라는 묘판도 있다. 이렇게 자라는 묘판 나무들은 소나무든 벚나무든 참나무든 대나무같이 쪽쪽 곧게 자란다, 비좁은 공간에서 경쟁적으로 자라기 때문이다.

우리네야 그때 무엇을 알겠느냐마는 형님네들은 이 수목들이 전부 일본으로 건너가서 그네들의 국부에 보태고 있다는 것을 우리에게 귀띔해주기도 한다.

봄이면 봄, 여름이면 여름, 가을이면 가을, 겨울이면 겨울 어느 하나 우리를 유혹하지 않는 것이 없다.

봄에는 꽃이 피는 모양이 장관이며, 여름에는 그 빽빽한 나무들의 그늘 속을 휘젓고 다니는 맛이 어린이인 우리에겐 해 저무는 줄도 모를 정도의 놀이터다.

가을은 어떻고요,

그 나무들은 우리들의 고통도 모른 체 그들의 본성 그대로 너무도 아름다운 들을 만든다.

벚나무는 붉고 자주검분홍 색깔을 뽐내지요. 은행나무는 노란색, 플라타너스, 복숭아나무, 살구나무들도 이루 말할 수 없는 색깔을 자랑한다.

그러다 보니 아이들의 마음이 어떠하겠는가?

이곳의 야채에는 벌레가 없다고들 한다.

즉, 넓은 숲 속에는 여러 종류의 많은 새가 서식하기 때문에 채소에 기생하는 벌레를 모두 잡아먹는다고들 한다.

그것뿐인가! 새소리는 어떻고요.

저녁 무렵이면 새들의 합창으로 형언할 수 없는 소리가 몇 시간 동안 계속된다.

겨울은 또 어떻고요.

겨울은 겨울대로 각종 새를 잡는 재미가 또한 일품이다.

잡는 것 보다 구워 먹는 재미랄까! 나무가 밀집해 자라있기 때문에 낙엽이 되어도 나뭇가지에 걸려있어 완전히 떨어지지 않는다.

나뭇가지에 걸려있는 잎들은 새들이 겨울을 나기에는 안성맞춤이다.

새들은 가지에 걸려있는 낙엽 사이에 포근한 보금자리를 만들어 한겨울을 나기도 한다. 밤에 이 나무밭에 들어가면 새들이 낮에 있었던 이야기를 속삭이는 듯한 광경은 너무도 평화롭다. 골골, 줄줄, 색색, 길기르르, 지직지직!

아마 저들도 이웃끼리 한낮에 있었던 이야기를 주고받는가 보다!

이렇듯 멋진 광경을 제공하기도 하지만 아이들이나 주위 사람들에게 그렇지 않은 경우도 있다.

좋은 점도 있으나 나은 점이 더 많다.

봄이나 가을에 씨앗을 뿌려 놓으면 씨앗을 파먹고, 박이 나면 쪼아 먹고, 가을이면 벼농사에 막대한 지장을 준다.

온 하늘을 뒤덮고 다니는 새들은 한창 익어가는 볏논에 앉으면 삽시간에 벼를 쭉정이로 만들어 버린다.

까맣게 날아다니는 새들을 잡기 위해 농민들은 별, 별 방법을 다 쓴다.

빈 깡통을 두들기기도 하고, 징, 북도 치고, 횟대라 하여 짚으로 길게 3m 정도 땋아서 손에 쥘 수 있는 곳은 조금 굵게 하고 끝으로 갈수록 점점 가늘게 만든 것을 휘두르기도 한다.

맨 끝에는 삼麻으로 질기고 단단하게 꼬아서 풀어지지 않게 만들어 비교적 높은 곳에 올라가 빙빙 돌리다가 반대 방향으로 후려치면 "딱"하는 소리가 크게 난다,

이 소리를 이용하기도 하지만 새들도 한두 번 속지 그다음은 잠깐 날아갔다가 다시 모인다. 오히려 비웃는 듯하다.

허수아비를 세운다. 금기 줄을 만들어 건다. 혹은 딱총을 쓰기도 한다.

이런 곳을 지나 우리는 숙명적으로 금호강에 이르게 된다.

이 금호강은 우리에게 대단한 강이다.

그러나 강을 건너야 하는 아이들에게는 여간 힘들지 않다.

부호동(가마실) 앞에 나룻배가 있다.

나룻배는 부호동 앞에만 있는 것이 아니라 탑소(은호1동)에도 있다.

한때는 부호동 나룻배를 많이 이용했었다.

가을이면 나락(벼) 큰말 한 말을 이용료로 주기도 하고 돈으로 그때그때 주기도 한다. 겨울이면 얼어붙어 빙등氷磴하기도 한다.

재미는 있어도 위험하다.

얼음판에도 숨구멍이 있다고 한다.

여름에는 미역을 감기도 하고 물고기, 고등 잡기 등 아이들 놀이에는 안성맞춤인 "놀이터다."

내리쬐는 자갈밭에 아지랑이가 아른거리고 물새들은 이때라 생각했는지 알집 만들기에 여념이 없다.

살금살금 물새들은 혹시나 탄로 날까 하여 가다가 서고, 좌우로 살피고도 달리고 몇 번이고 행동을 반복한다.

생존의 본능이지요. 지혜지요.

강을 건너는 것을 말하자니 정재도 어머님의 일이 생각난다.

한겨울 1월이었을 거다.

오일장에서 돌아오자는 길에 다른 사람들이 빙등하니깐 정재도 어머님도 아무 위험을 느끼지 못하고 건너다 그만 얼음 숨구멍을 피하지 못하고 해를 입으셨다.

징검다리로 건너기도 하고 찬 겨울이라도 큰 형들은 동생들을 업고 얼음 섞인 물 위로 건너기도 한다.

그래저래 학생들은 유혹을 물리치고 면 소재지에 당도한다.

여기 하양면 소재지는 대구에서 영천 포항 가는 국도변에 자리 잡고 있으며, 국도변으로 해서 주재소(파출소)가 있고, 주재소 앞에서 와촌瓦村으로 가는 길이 T자 모양으로 갈라지고 와촌 쪽으로 150m쯤 가면 국민학교가 몇 개의 계단을 올라가서 약간 높은 곳에 위치하고 있다.

학교에 들어가면 왼편에는 국기 게양대가 있고, 오른쪽에는 전형적인 왜놈식 나무로 만들어진 기숙사가 있다.

기숙사에서 교실까지는 나무로 만든 통로 집으로 되어있다.

그 밑에는 역시 나무로 만들어진 발판이 놓여 있다.

이것은 학생을 위한 것이 아니고 기숙사에서 학교 교실에 가기까지 선생님을 위한 나무 발판이다.

선생님들은 주로 왕골로 만든 슬리퍼(딸딸이)를 신고 다녔다.

손에는 항상 단단하고 야무진 막대기를 선생님들은 어느 누구나 할 것 없이 갖고 다녔다, 그뿐만 아니라 급장이라는 학생도 나무막대기를 갖고 다닌다.

"겁나지요."

전쟁을 한창 독려하는 중이라 운동장의 반은 고구마를 심고 남은 운동장에는 학생들이 분주하다.

이 모든 작업은 학생에게 강제로 이루어진다.

하주河州초등학교는 운동장을 기준으로 해서 제일 앞줄에 교실이 있고 앞 교실 중앙에 교무실이 있다.

교무실 뒷줄로 가는 곳에 역시 나무로 된 발판이 놓여있고, 약간 언덕에 교실 한 줄이 더 놓여 있는 왜놈식의 교실이다.

굶주리며 농사짓고 보릿고개를 넘느냐, 마느냐! 만주로 가야 하느냐, 마느냐! 하는 이때의 왜놈들은 우리 국민의 활동 상황을 신문에 게재하는 것을 금하며, 증병을 실시하고, 내선일체를 강조하면서 소학교 육 학년 졸업생을 600명(1941. 2) 일본 공장에 보냈다.

고철수거 운동, 농산물 공출제도화, 일본 진주만 공격 날로 그들의 횡포는 더하여만 가는 시기였다.

이렇게 학교에 도착하면 숨이 가빠진다. 선생님과 반장은 긴 회초리로 손바닥, 종아리를 때리고 의자를 들고 복도 무릎 끊고 벌을 세운다.

"왜, 늦었다고요!", "즉, 지각이라고요."

이와 같이 일상생활 가운데 제일 스릴 있고 괘씸한 것 몇 가지가 있다.

그 하나는 다음과 같다.

하양읍에 들어가는 언저리에는 왜놈들의 과수원이 거의 자리 잡고 있다. 오고 가는 학교길에 이들 몇 집 정문 앞을 통과하게 되어있다.

이 집들에는 검은 바탕에 누른 점이 섞인 개들을 몇 마리씩 기르고 있다. 어떤 놈은 묶어놓기도 하고, 작은놈들은 그냥 풀어 이 구석 저 구석 돌아다니며 행인들을 물기도 하고 위협을 주기도 할 때가 종종 있다. 그러나 왜놈들은 보통으로 생각하고 지낸다.

우리에게는 이 집을 통과할 때마다 보통 괴로운 것이 아니다. 처음 얼마까지는 위협을 느끼고 멀리 돌아가거나 돌멩이로 집단으로 공격하기도 했다.

그러던 어느 날 늦은 가을이었다. 어른들의 귀띔으로 우리는 행동으로 옮기기로 했다.

"무를 구워서 개에게 던져주라."라는 말을 들었다.

"옳지 됐다."

나는 재주 많은 한병열하고 의논을 했다.

무를 구워 뜨거울 때 개에게 던져주면 개가 덥석 물게 된다고 하였다. 개가 만약 이 무를 물기만 하면 혼쭐이 난다는 것도 알았다.

그 개는 그 시간 이후로는 그 사람에게는 멀리서 짖기만 하지 달려들지 않는다는 말도 들었다.

어떻게 하면 무를 잘 구워 그 집 앞까지 가지고 갈 수 있으며 어떻게 하면 그 개를 유인할 수가 있을까 하고 한병열하고 상의를 했다.

꾀 많은 한병열은 나보다 키도 크고 힘이 세다. 재주도 있고 우리 일행의 보스이기도 하다. 한병열이 보스가 된 것은 단순 힘이 세고 키 크다고 리더(Leader)가 아니라 거기에는 그만한 이유가 있다.

한병열의 어머니는 동네 유지의 첩으로 살고 있다.

첩으로 들어오면서 전 남편의 자식을 데리고 들어와서 살고 있는데 그 자식이 한병열이다.

그 어머니는 왠지 한병열에게 용돈을 풍부하게 준다.

한병열은 그 용돈으로 우리에게 사탕, 과자 등 주전부리를 잘하게끔 해주기 때문에 우리는 은연중 그 애를 보스로 모시게 되었다.

보스 한병열은 "그래, 지금부터 너는 성냥, 너는 무, 너는 집에서 떨어진 천 조각 같은 것을 가지고 오너라." 하고 의무 분담을 해주었다.

그리고 개가 있는 그 집으로부터 얼마 떨어지지 않은 곳에 시차는 있더라도 모이기로 했다.

그 가운데 성수는 성냥을 배당받았다.

그다음 다음날이었다.

우리 일행은 예정대로 하양역에서 나오는 길과 국도와 마주치는 한길 옆에 아카시아 울타리 과수원 및 도랑에 모였다.

곧 불을 지폈다.

붉은 연기를 뿜으며 타기 시작하였다.

아카시아 석 달 나뭇가지는 우리 소원을 아는 듯 잘도 타기 시작하였다. 얼마쯤 아카시아 탄 숯이 모일 적에 한병열은 무를 불 위에 얹어놓고 다시 그 위에 나무를 더 올려놓고 불을 집혔다.

연기는 아까보다 더 힘차게 솟아올랐다.

아이들의 소원을 이루어줄 불은 흰 연기, 검은 연기 한데 어울려 더욱 많이 솟아올랐다.

얼마간 우리 일행은 불 주위에 둘러앉자 밀서리, 콩서리 하는 듯 무엇인가 이야기들이 오간 후에 세 개의 구운 무를 배당받아 갖고 온 헌 이불 조각에 쌌다.

물이 찔끔찔끔 나고 일부분은 껍질이 검게 구워진 무는 정말 뜨거웠다.

"가자."

몇 아이들은 남은 불씨를 도랑 흙으로 덮어 없애고 나오고 한병열, 조희철은 구운 무를 나누어 가졌다.

우리들의 걸음은 보무도 당당하게 그 집 곁으로 걸어갔다.

옛날 같으면 멀리 돌아가든지 아니면 곁눈질을 하며 슬금슬금 피해갔으나 오늘만은 사정이 다르다. 각자에게 비장의 무가 있기 때문일까? 무를 갖지 않은 아이들은 조금 먼저 그 집을 통과하면서 소리를 지르며 개를 유인하기로 하고 무를 갖고 있는 우리 세 사람은 곧 뒤따라가면서 무를 투척하기로 했다.

"와……와……." "이놈아, 이 쪽발이 개야, 나와라." 하고 소리를 지르며 앞서간다.

아니나 다를까 20m 거리의 그놈의 개 네 마리가 쏜살같이 달려 나온다.

개는 "왕, 왕" 짖으며 어떤 놈은 주춤하기도 하고, 어떤 놈은 한길까지 뛰어나오는 놈도 있다.

"이때다!" 하고 품고 있는 무를 이불 조각에서 풀어서 던

지기 시작하였다.

한 개의 무는 그 집 대문 문살에 박혀서 실패하고, 두 개의 무는 정확하게 개 앞으로 떨어졌다. 그 중에도 서열이 제일 센 놈이 법석 물었다.

다음 서열의 개도 한 개를 물었다.

순간 깽깽하는 소리를 듣는 것과 같이하여 우리는 달아나기 시작하였다. 벌떡벌떡 뛰는 가슴을 억제하면서 학교 문을 들어서는 성수는 무안한 성취감과 쾌감을 안고 수업에 임했다. 수업이라야 일본말 배우는 것 그것이다.

이튿날도 그 앞을 지나도 개는 멀리서 컹컹거릴 뿐 대문 밖을 나오지 않았다.

나는 이때 조금 알 수 있는 것은 일본놈에 대해서이다.

체육 시간이든, 운동회든 항상 기마전을 자주 한다.

성수는 이 체육 시간이면 항상 기마 장수 말에 타게 된다.

같은 반 아이들의 추천으로 그렇게 되곤 했다.

아마 성수는 남보다 강인한 체격의 소유자인 것 같다.

기마전에서 지는 수보다 이기는 확률이 높은 성수의 얼굴에는 딱딱한 바닥에 모래가 깔린 운동장에 거꾸로 떨어져 다친 흔적이 없는 날이 없었다. 집에 돌아오면 아버지 어머님으로부터 꾸지람을 듣고 종아리를 한 대씩 맞곤 했다.

이렇게 하주국민학교河州國民學校는 3, 4학년은 다져진 체력은 하양면 환상 2구에서 어린 나이는 생각해보지도 않고, 통타이어 자전거로 100리나 되는 먼 걸을 떠나게 되었지요.

아버지는 어린 나이지만 성수는 할 수 있다는 것을 믿었던 것 같다.

세월은 흘러 전쟁은 더 다급하게 가는 가했더니 1942년 들어서는 일본 놈들은 온갖 제재를 가하기 시작했다.

5월에는 조선인 징병제를 시행하더니, 7월에는 국민총력 연맹인지 무엇인지 입맛대로 만들어 집집이 사용하고 있는 밥그릇, 제기그릇 즉 놋그릇 등을 공출하라는 지시가 내려졌다.

성수네 집에도 제기 그릇과 식기는 거의 놋그릇이며 대야, 요강 등도 놋쇠로 만들어졌기 때문에 마음이 조마조마하였다.

아버지는 마대 포대에 넣어 밭에 묻어 놓기로 했다.

이때부터 조선말(우리말)은 하지 못하게 하고, 설도 음력설은 금지가 되고 고기, 밀가루 등 배급제가 시행되며 소위 태평양 전쟁을 위해 모든 것이 강제 공출이 시행되었다.

소학교(초등학교)까지 소나무, 관솔 채취를 의무적으로 얼마씩 할당하였다.

초등학생의 몸으로 얼마나 관솔을 딸 수가 있으랴마는 그
놈들은 막무가내였다.

아침 등굣길에 관솔 통을 방으로 매고 등교하는 광경은 우
습기도 하고, 기도 차고 요지경 같은 광경이다. 그 모습이 한
사람 두 사람이면 몰라도 전교생 700여 명 여자 남자 할 것
없이 교문을 들어가는 광경을 생각해 보세요. 일본 놈들은
더욱더 우리 국민을 조여 가기 시작하였다. 성수가 11살 때
되는 해 아마 그해가 1941년인가, 1944년 되는 해였을 것이
다. 학도 전시동원령이 내려지면서 고학년, 초등학생 할 것
없이 총검술을 하라는 지령이 내려졌다.

그래서인지 학교에서는 총검복과 연습 목총을 비치하기 시
작하였다. 이시쿠라石劍이란 조그마한 일본 선생이 총검술
교육을 시행하며 직접 대련도 시켰다. 여학생은 제외되었으
나 남학생은 어느 누구도 빠짐없이 총검술을 해야만 했다.

크지 않은 체구에 총검술 복을 입고 있으면 땀은 비 오듯
쏟아지고, 검복에 싸여 보이지도 않는 아이에게 이시쿠라石
劍이란 왜놈 선생은 한숨도 놓치지 않고 가슴팍을 질러 된
다.

일본말로 "이 자식, 저 자식" 하며 숨통이 막힐 정도로 질
러 된다.

그런 가운데 성수는 같은 반 도재학都在學, 장태식張太植, 김상식金相植와 대련을 하면 백전백패라 분하기 짝이 없다.

나중에 중학교 다닐 적에 알았던 사실이지만 그들은 성수보다 3살, 4살이나 위였던 것이다. 그것도 모르고 한번 이겨 보겠다고 악착같이 겨루는 성수가 불쌍하다.

성수는 어떻게든 저놈들의 기를 꺾어 보겠다고 그래야만 10리 먼 길 통학하는 우리네를 얕보지 못하도록 해 보겠다고 눈물을 흘리면서 오늘도 내일도 계속 연습을 했던 것이다.

"두고 보자." 복숭아뼈에 피 마를 여가 없이 먼 길을 걸어서 학교에 다니는데 그네들은 면 소재지에 산다고 우리를 촌놈으로 간주하고 깔보고 있는 처지였다. 성수는 매일 이를 악물고 총검술 연습을 게을리하지 않았다.

8월경 정신대 근무령 공포가 내리고 성당을 군웅으로 접수하더니, 12살 이상 40세 미만 여성을 일본이나 남양군도로 징용하기 시작했다.

일본 군가가 난무하고 혈서지원이니 하며 세상이 떠들썩할 적에 성수는 오늘 총검 시합하는 날이었다.

넓은 운동장에 만국기가 걸리고 바닥에는 매트리스가 깔려 있으며 교단 좌우에는 걸상, 책상이 놓여 있었다.

아마 높은 사람이나, 심사하는 사람들이 왔나 보다 생각한 성수는

"오늘 만은"

교실에서 마음을 가다듬고 순서를 기다렸다.

좀 우수하다고 하는 선수들은 조례 단에서 조금 떨어진 곳, 매트리스 건너 조례 단을 마주 보며 완전 무장상태로 줄지어 앉아있었다.

9월 더운 기는 한풀 꺾였다고는 하나 어린 몸에 중무장하고 나무총을 집고 앉아 있으니 땀은 절로 나며 현기증이 일어날 지경이었다.

그렇지 않아도 시합이란 중압감에 눌리어 숨도 제대로 쉬지 못하고 있는 그때였다.

요시가와 세이슈吉川聖洙란 호명이 크게 울리었다.

나는 우리 반에서 제일 큰 장태식張太植이란 놈하고 맨 마지막으로 시합이 걸리었다. 이 시합은 시간 제약도 없고 상대방이 졌다는 항복이 나올 때까지 계속하는 것이었다.

간혹 심판이 그만하는 구령이 나오면 끝나는 경우도 있다.

"그래" 오늘에서야 내 실력을 발휘하는 좋은 기회이며, 복수할 기회이며, 촌놈 신세를 벗어나는 날이기도 하다.

단단히 마음먹은 성수는 상대를 향하여 목총을 뽑아들고

있는 힘을 모아 소리를 질렀다. 상대가 날 보기를 이 까짓것 쯤이야 하는 마음이 있을 것이다. 왜! 촌놈이기 때문에 나와 대련하는 이놈은 반장이라고 추운 겨울날에 지각쯤 했다고 얼어붙은 귀를 손가락으로 튕기곤 했다. 너무 미워 언제나 "두고 보자." 하는 마음이 도사리고 있었다.

앞으로 갔다가 뒤로 물러섰다를 반복하며 기회를 보아가면서 두 손 모아 목총을 힘껏 내지르는 것은 가히 성수답다고 보는 사람들은 모두 입을 모았다. 얼마가 흘렀는지 숨 막힐 지경에 이르렀을 때 "그만"이란 신호로 우리는 서로 예를 갖추고 뒤로 두 발자국씩 물러났다.

무승부였다.

오늘은 이것으로 별다른 일 없이 시합은 끝났다.

무승부로 끝난 장태식은 마음이 서운했던 모양이다. 반드시 이길 것으로만 생각했고 져줄 것이다 여겼던 태식은 의외의 무승부에 속으로 화가 났던 모양이다.

다음날 선생은 칭찬은커녕 조금만 일에도 화를 내며 나를 볶기 시작했다. "웬일일까?"

나중에 안 사실이지만 장태식은 시합에 꼭 이길 거로 알았는데 무승부로 끝남으로 그 서운함을 이시쿠라石創선생에게 이야기했던 모양이라!

성수는 이것저것 모르고 학교에 다니기는 하나 하루하루가 갈수록 장태식의 횡포는 더하여 갔으며 선생마저 조그마한 일에도 트집을 잡고 벌주기가 일쑤였다.

걸상 들고 벌 받는데 이력이 난 성수는 모든 것을 체념하곤 하라면 하라는 대로 복도에 꿇어앉아 있곤 했다.

저녁때가 되었을까 해 질 무렵 선생은 두 사람분 목총과 갑옷을 갖고 복도에 나타났다.

"요시가와 세이슈吉川聖洙 일어서!"

"지금 이것을 입어라."

"그리고 지금부터 나하고 대련하는 것이다."

키가 조그마한 전형적인 일본놈 선생은 우리와 키나 몸 크기는 별 차이가 나지는 많았다.

하지만 아무리 갓 졸업하고 첫 부임으로 왔다 하더라도 우리보다 9살 이상 차이가 날것이다. 하도 기가 차서 한숨이 나온다.

날 죽일 작정인지 아니면 장태식에게 어떤 부탁을 받았는지 알 수 없으나 제자와 선생 간에 감정적인 대련이란 있을 수 없는 것 아닌가!

시키는 대로 할 수밖에 없는 성수는 마음에 준비와 동시 몸에도 굳게 다짐을 했다.

'오늘은 이놈을 어떻게 하던 때려눕히고 말아야 하겠다.'
하는 마음이 앞섰다. 선생이고 뭐고 오늘 이 마당에 무엇이
두려우랴!

막 대련 아닌 목총 싸움을 시작하려고 하는 찰나 몇 아이
들이 선생님과의 대련이란 소문을 듣고 몰려오기 시작했다.
빨리 끝내고 집에 가야 한다는 생각은 잊은 채 시합은 시작
되었다.

몰려든 아이들은 전부 내 편이었다. 그 중에도 힘이 세고
등치도 있고 나이도 제일 많이 먹은 도재학都在學은 완전히
내 편이었다.

신나는 응원 속에 목총 싸움은 시작됐다.

1시간가량 밀고, 당기고 하는 가운데 물러서는 선생의 가
슴팍에 있는 힘을 다하여 목총을 찔렀다.

'그렇지 저놈이라고 별거인가.' 선생은 뒤로 물러서다가
자기 발에 걸려 넘어지고 말았다.

가슴팍을 찌르고 또 찔렀다. 충격이 컸을 것이다.

그 고통은 말할 수 없었을 것이다.

이것을 숨죽여가며 보고 있던 아이들은 "와…… 와"하고
환호를 울렸다. 그 순간 성수는 무엇을 생각했는지 넘어져
있는 선생의 가슴팍을 한 번 더 눌러 찍었다.

선생은 선생대로 넘어지고 성수는 성수대로 어린 몸에 땀을 팥죽같이 흘리며 제힘에 겨워 쓰러졌다.

아이들은 환호와 격려 속에 성수를 일으켜 세우고 총검복을 벗어주니

"잘했다, 잘했다."

"통쾌하다!" 했다.

나는 그 길로 총검을 허리고 아이들과 같이 뒤도 돌아보지 않고 학교 밖으로 나와 그들은 그들의 집으로 성수는 성수 집으로 왔다.

늦게 집에 돌아온 성수는 아버지와 형님에게 늦게 돌아온 사유를 말씀드렸다. 아버지의 걱정은 대단했다.

"내일 학교에 가면 어떻게 할 테냐, 너는 이제 죽었다?"고 하셨다.

성수의 운명은 여기서 끝이 나지 않았다.

일본놈의 학정은 날로 심한 것과 같이하여 성수에게도 보이지 않는 압력은 더욱 심하여져 갔다.

대학생 형들의 징집은 시작되고, 각급 학교 일반에게까지 폐품 수집이 절정기에 달하고, 강제로 이 동네 저 동네 구장, 반장을 앞세워 우마차를 동원, 폐품 수집에 나설 시기였다.

일요일 휴무제가 폐지되고 학도 군사 교육도 강요 4월, 5

월경에는 학도병 동원, 여자정신대 경남반 강제 징집된 노무자는 개 끌어가듯 하여 일본 갱에 투입하는 등 뜻 모를 짓을 하기 시작하였다.

보성 전문학교는 경성 척식, 경제전문, 연희 전문을 공업 경영전문, 이화 전문, 숙명 전문을 노업지도원으로 바꾸고 미곡강제 공출이 시행되었다. 세상은 미친 듯 돌아가고 성수에게는 날로 압박이 심해져 갔다. 학교 운동장은 감자, 고구마밭으로 바뀌는가 하더니 이제는 솔 관솔 따다 모은 것들을 기름 짠다고 해서 대학 동기는 길목에 있는 관솔 기름공장으로 학생들이 동원되고, 솔방울 따다 학교에 모으고 풀을 베여다 퇴비 증산한다며 매일같이 동원되고 있었다.

공부는 뒷전이다. 하기야 해보았자 일본말 배우는 것밖에 없다. 오늘도 내일도 노력동원에 끌려다니고 학생들은 철없는 놈, 철들은 놈 일본이란 걸 아는 놈, 모르는 놈 조선이란 것 아는 놈, 모르는 놈 할 것 없이 풀 베고 관솔, 솔방울 따는 것 외는 할 것이 없다.

"성수야" 도재학都在學이 의미 있게 부르는 소리가 들렸다.

"왜 그래." 성수의 대답이었다.

재학이가 말하는 것이다.

"오늘 우리 이거 때려치우고 놀러 가자. 매일 이 짓을 해봐야 힘만 들고, 이것이 무슨 짓이냐."

재학이는 나보다 나이가 3살이나 더 먹었다는 것을 10여 년 후에 안 일이다. 재학은 '일본놈이 어떻고 일본놈은 곧 망하게 될 것이다.' 하면서 일본놈들의 압정에 견딜 수가 없다, 설마 죽이기야 하겠느냐 하며 그래도 몇 살 더 먹은 노릇을 하여 주장을 펴 우리와 사람을 설득하기 시작하였다. 우리는 앞줄 맨 끝 교실 모퉁이에서 모였다.

재학이가 열을 올리며 주장을 하기 시작한다.

"오늘부터 우리는 학교에 가지 않기로 한다. 대신 하양역 앞에서 매일 모이기로 한다." 이렇게 모의가 끝났다.

반야월에서 통근하는 배대웅, 대조동, 고광일, 성수, 재학 네 사람은 의기투합하였다. 약속대로 하양역 앞으로 모였다.

도시락을 싸고 책보는 책보대로 허리에 매고 가는 장소는 학교가 아니지 집에서 학교 가는 모양새며 시간은 똑같다.

오히려 이들은 더욱 눈초리가 반들거리고 신바람이 났다.

"오늘은 우리 강가를 거닐어 보자!"

금호강은 우리에게 안락지며 우리 조상들로부터 즐겨 이용되는 이로운 강이다.

유구한 내력을 갖고 흘러온 금호강이 없으면 우리 인류가 여기에 정착했겠느냐.

금호강은 안동, 영천, 하양, 대구로 해서 낙동강과 이어지는 생명줄이다. 우리 일행은 개다(나무도 됨)를 한 손에 걸고 바짓가랑이는 몇 번 감아 걷어 올리고 물가를 걷기 시작하였다.

한동안 아무 뜻도 없이 돌멩이도 던져보고, 고기도 쫓아보고 들새들도 날려본다. 새 풀 사이를 지나 들 버들가지를 흔들며 풀머리를 쓰다듬으며 강 따라 걷기 시작하였다.

어느 하나 즐겁지 않은 것이 없는 표정이며 해방된 기분으로 가다가, 서고, 섰다가, 가고, 한 놈이 쳐졌다, 뛰어오고, 다른 놈은 골똘히 무엇을 들여다보고 있는가 하면, 뜻 없이 모래밭을 냅다 달리는 놈도 있다.

그럭저럭 강 따라 하양역 뒤쪽에서 부호동 앞까지 왔다.

해는 중천에 떴고, 시장기가 돌기 시작한다.

강이 여울지고, 물이 얕고, 물소리가 제법 들리고, 모래사장이 넓은 곳에다 자리를 잡고 점심을 먹기 시작했다.

점심을 먹은 아이들은 뒤로 드러누워 하늘에 구름 가는 모양 보고 어떤 아이들은 물소리에 마음을 흘려보내듯 지그시 눈을 감는다.

누가 먼저라 할 수 없으나 아마도 도재학인가.

"아이다사 미다시미 고개사모 와수래"

하는 일본 노래를 부르기 시작했다. 신나게 하늘을 쳐다보며 구름이 흩어졌다, 모이는 모양을 보며 두 손발을 벌려 모랫바닥을 치면서 해 가는 줄 모르고 노래만 불렀다. 여기에는 누구도 간섭하는 이도 없고, 간섭당할 사람도 없다.

마음도 해방이요, 몸도 해방이다, 생각도 해방이요, 시간도 해방이다.

다음날 등교를 하니 이소쿠라石創 선생은 우리를 불러 모았다.

결석한 탓도 있겠지만 일일 의무수량을 충족하지 못했기 때문이었다. 관솔, 솔방울, 퇴비 풀 아……

아니나 다를까 우리는 곧 복도에서 걸상을 높이 들고 네 사람이 나란히 무릎 꿇고 벌을 받았다.

자그마한 선생은 전투모를(센토보시) 쓰고 다리에는 막기 게양(아랫도리에 두르는 넓은 천, 지금의 각반)을 하고 군화를 신고, 쿵덕, 쿵덕거리며 걸어온다.

"너희는 어제 무엇을 했느냐." 는 추궁이 이어졌다.

이 자식 저 자식은 물론 일본말로 씨불이면서 금방이라도 막대기로 칠 듯하다. 유구무언이란 말이 이럴 때를 말하는 듯하다.

유구무언이다. 한참을 윽박지르다가 선생은 군화 소리만

요란하게 남기고, 사무실로 사라졌다.

선생이 사무실로 들어간 틈을 타서 우리는 한꺼번에 의자를 바닥에 내팽개치고 어제 그제와 같이 공론을 시작하였다.

"튀자."

순식간이었다.

갈 때라고는 하양 역전이다. 하양 역전에 모인 이들은 철길을 따라 대구 방면으로 향하여 걷기 시작했다.

열차가 자주 드나드는 철길이 아니라서 이네들은 레일 위를 걸으며 레일에 귀를 갖다 대보고 열차가 오는 소리가 들리는지, 혹은 누가 레일 위를 멀리 그리고 오래 걸을 수 있는가 하면서 몇 개의 열차가 지나갈 동안 철길을 따라 걸었다.

청천을 지나 숙천동을 지나 철길에서 제일 가까운 동네에 이르니 오후 네 시 경이었다.

안심면 사북동이다. 동네 입구에는 늙은 소나무가 몇 그루 서 있고, 그 밑에는 묘가 몇 기 있었다.

묘 주위에는 동네 어르신네 몇 분이 정담을 나누고 계셨다.

우리는 어르신네 옆에서 재롱을 떨며 놀고 있었다.

묘 주위를 빙빙 돌고 술래잡기인지 달리기인지는 모르나 하여간 뛰어다니며 놀고 있었다. 동네 개들이 뛰어다니는 것과 같아 아무 뜻도 없는 행동이었다.

잠시 놀고 있던 그네들은 숨이 가쁜지 묘 자판 위에 올라 앉자 쉬기 시작하였다. 좌판 좌우를 만져보기도 하고 좌판 앞에 새겨진 그림을 보기도 하며 뜻 없는 놀이를 하고 있다.

그때였다.

"어…… 성수야, 돌에 새겨진 이 그림이 무슨 그림이지? 이것 좀 봐라."

둥근 원에다 물이 구비 감고 넘어가는 듯한 이 그림은 누구도 알 수가 없었다. 네 아이가 머리가 한데 모이고 눈도 한 곳으로 집중되었다.

쓰다듬고. 만져보고 돌에 새겨진 그림 따라 손가락으로 짚어보고 한참을 궁금해하다가 "할아버지께 물어보자." 역시 도재학 말이었다.

"할아버지 이 그림이 무엇입니까?"

하고 성수의 질문이었다.

"너희는 몰라도 된다, 알 필요가 없다."

할아버지의 대답이었다. 그곳에 계신 할아버지들의 한결 같은 대답이셨다.

그럴수록 아이들의 궁금증은 한층 더 하였다.

그냥 있을 수 없었다.

"할아버지 궁금하니까 말씀해 주세요." 하고 몇 번이고 칭얼대었더니 한 할아버지가 "그놈들" 하시며 일어서서 묘 앞으로 가셨다.

"잘 들어라." 하시며 할아버지는 "이것은 우리나라 국기다."

"이것은 태극기의 속 모양이라고 한다. 주위에 또 무엇이 있는데 여기에는 없고 극 모양만 만들어 놓았다. 너희는 우리 조선을 아느냐? 우리나라가 있는데 우리 국기가 있는데! 왜놈들이 우리나라를 짓밟고 우리 국기를 없애 버리고 온 강토를 그네들 마음대로 주무르고 있다." "그뿐만 아니라 요즘 같아서는 살맛이 나야지, 빨리 죽어야지. 이 세상 꼴 보기 싫어서 얼른 죽어야겠는데! 너희는 명심해야 한다. 꼭 알고 있어야 한다. 우리나라는 조선이라고도 하고 대한민국이라고도 한다. 이제야 알았느냐!" 하시고는 어르신들이 모여 계신 자리로 돌아가셨다.

"예……예……"

길게 대답한 네 아이는 서로의 얼굴을 쳐다보며 어안이 벙벙해 하며 잠시 침묵이 흘렀다.

"조선" "대한민국" 아이들은 몇 번이고 입으로 되뇌며 산소에서 내려왔다.

배대응은 집이 있는 반야월 쪽으로 가고 고광열, 도재학, 채성수 세 사람은 철길 따라 다시 하양 쪽으로 내려가고 있었다.

해는 뉘엿뉘엿 서산을 넘고 한 집 두 집 지붕 위로 흰 연기가 피어오르기 시작하였다.

우리 조선 사람도 각성하기 시작한다. 거부 반응이 없을 수 있겠는가?

9월경에 조선어 어학자 최현배 선생이 투옥되는가 했더니, 12월에는 평양사단 조선인 학병들의 탈출사건이 생기고 항일 게릴라 전 계획으로 70여 명이 검거되는 등 세상은 더욱 시끄러워져 갔다.

성수는 이제 13세란 나이가 되었다 하여도 아직은 어린이임은 틀림이 없다. 그러나 아버지, 어머님은 성수는 아이가 아니고 다 큰사람으로 생각하시는 듯하였다.

가을 타작은 시작되었다.

논 15마지기 평수로는 약 3,000평가량으로 농사는 대농大農 아닐지라도 중농中農에는 틀림이 없다. 항상 농사철이면 동네에서 2, 3명의 논 일꾼을 두어야 했다. 상주하는 일꾼하고 하면 남의 식구는 3, 4명은 항상 일했다. 소달구지에 실어온 볏단은 마당 변두리에 쌓아 놓았다가 가을 벼를 거둬들이고 거의 끝나갈 무렵이면 발로 밟는 탈곡기를 들이대고 세 사람, 세 사람 조를 이루어 볏단을 헐어 조금씩 쥐어 주면서 한 사람은 기계를 밟고 한 사람은 짚을 묶어 뒤로 밀어낸다.

이렇게 2개 조의 작업은 하루 종일 계속되는데 몸에는 벼 가시랭이로 여기저기 가렵고, 찔린다.

탈곡한 벼 낟알 무더기는 조그마한 동산을 이루고 거푸집과 짚 쓰레기를 빗자루로 쓸고 가래로 모으고 하면 볏짚은 볏단이 쌓였던 그 자리에 볏단 대신에 짚이 올라간다.

가을은 항상 바쁘다.

한바탕 분주하게 야단을 떨고 나면 농가의 하루가 끝난다.

하지만 내일, 또 내일 같은 일을 계속 반복하는 것이 우리 농촌네 일이다. 채 타작한 벼알이 마르기도 전에 어머님은 찐 쌀을 만들어 경산 남천면 삼성역에 계시는 작은댁(셋째 삼촌)으로 갖다 드린다.

배달꾼은 성수이다.

어머님은 갓 타작한 벼를 소쿠리에 담으신다. 소여물 솥에 한 솥 가득 부어 삶는다. 물론 불 때는 작업도 퍼 넣는 작업도 내 차례다.

한참 불을 지피다 보면 솥과 솥뚜껑 사이로 구수한 냄새가 풍기고 세차게 뿌연 김이 나온다.

다 익어갈 무렵이면 짚을 때어 힘없는 불로 만들어 뜸이
들게 한다.

한참을 기다린 우리는 마당에 멍석을 깔고 삶은 벼를 소쿠
리에 퍼 담아 멍석에다 넌다. 밀대로 저어가며 약 3, 4일 지
나면 딱딱하게 말려지고, 벼 낱알끼리 엉겨 붙어 꼴사나운
모습으로 변한다.

곧 디딜방앗간으로 가져가서 한 사람은 호고, 옆에 앉고,
두 사람은 가랑이가 찢어진 방에 발을 얹어 밟으면 방아는
고가 붙은 머리가 올라가고 방아 가랑이는 밑으로 내려간다.

까불고 실렸고 몇 번이고 같은 동작을 거듭하면 약간 누런
색깔의 쌀알이 된다. 이것이 찐쌀이다.

어머니는 천으로 된 자루에 담아 작은댁으로 보낼 준비를
한다. 며칠이 지나 어머님은 성수를 부른다.

"너밖에 더 있느냐." "내일 삼성에 다녀오너라."

"너밖에 보낼 사람 누가 있느냐."

하시면서 성수의 눈치를 살핀다. 심부름 가는데 이력이 난
성수는 싫단 말은 하지 않는다.

다녀오는 것은 힘들지만, 성수는 오갈 때의 노자에 관심이
있기에 싫다는 말은 하지 않으면서 빙그레 웃기만 한다.

그러나 왜 하필 이 바쁜 마당에 그 먼 길을 다녀와야 하며

그 무거운 찐쌀을 어린 성수에게 보내야 하는지는 알 수가 없다.

한참 후에 어머니의 뒤 말씀과 부탁 말이 이해는 갔으나 이렇게 해서 동기간의 정을 다스리는 어머님의 성의와 노력이 담겨 있다는 것을 알았다.

"내일 작은댁에 가거들랑 아직 타작하지 못하고 벼 알곡을 말리지 못했다고 말하면 작은 어머님이나 작은 아버님은 이해하실 거다."

어머님의 하시는 말씀을 미루어 짐작하면 작은댁에서 가을걷이를 빨리하셔서 쌀 한 가마니 정도는 속히 주었으면 하는 기대를 저버리지 않게 하기 위함이었다.

날은 밝아 왔다.

성수는 어머님이 준비해두신 쌀자루를 어깨에 메고 가기 편하게 걸망을 만들기 시작했다.

성수가 당차다 할지라도 쌀 큰말로 한 말을 어깨에 데고 70리를 가기란 보통 일은 아니다. "무겁다."

그러나 한번 작정한 일

먼저 부뚜막에 짐을 올려놓고 어깨에 메고 일어섰다.

성수는 무겁게 일어나더니 그 자리에서 어깨를 움찔하고 추켜올려 보고 어머님과 아버님에게 인사를 하고 앞마당을 나선다.

물론 노잣돈도 받았겠다. 죽으나 사나 출발은 해야 한다.

동네 앞에 나서니 삼수三首까지 가기가 꿈같기도 하다. 동네에서 압량면 소재지까지 갈려면 20리, 압량면 소재지에서 경산군 소재지까지 약 20리, 압량면 소재지에서 경산군 소재지에까지 20리, 경산군 소재지에서 남천면南川面 소재지까지 약 30리 괴나리봇짐 지고 70리를 갈려면 아랫도리가 휘청거리는데 성수는 조금도 개의치 않고 압량면 소재지를 지나 경산군 소재지에 이르렀다.

경산군 소재지에서는 대구로 가는 길, 자인, 용성 가는 길과 각 면에서 생산되는 곡물의 집산지이기도 하지만 행정의 접점이기도 하다.

꽤 인구도 많고 큰 시가지가 형성되어 있다.

성수 또래 아이들도 많다.

간혹 촌놈이다 싶으면 찝쩍거리거나 농을 걸기도 한다.

그러나 성수는 어릴 적부터 어른보다 겁이 없고 대담했다.

개울을 지나 산모퉁이를 돌아 삼성역 앞 작은댁에 도착했다.

작은댁 어머님은 어린 성수가 이 무거운 것을 지고 여기까지 왔다고 칭찬이 대단했다. 동네 사람들에게도 큰집 자랑,

조카 자랑, 찐쌀 자랑을 늘어놓는다.

큰집에는 조카가 여럿 있다는 것과 대농이라는 자랑으로 작은 어머님은 해가 지는 줄 모르시는 듯했다.

1945년의 세월은 더욱 어려워지고 있다.

과다 공출로 볍씨도 모자라 숨기기와 색출의 숨바꼭질이 행해지고 어떤 이는 왜놈 순사들에게 잡혀가기도 했다.

성수는 학교에서 그런 사건이 있고부터 학교에 다니질 않고 아버지를 도와 가사에만 매달렸다.

이때 성수의 식구는 할아버지 내외분이 계셨고, 할아버지 성함은 채상기蔡相基, 할머니 성함은 서상곡徐相谷이시다.

또 아버지 성함은 채석훈蔡錫薰, 어머님은 권우후權又侯이셨다.

그 밑에 영수英洙, 연수延洙, 명수明洙, 성수聖洙, 경수敬洙, 장수璋洙 등 여섯 남매가 있었다.

영수 누님은 시집가고, 형 정수는 고령군 서기로 재직하고 계셔서 집에 자주 들릴 수가 없었다.

그러다 보니 일할 수 있는 아이는 성수밖에 없다.

성수는 큰 일꾼이다. 공출을 적게 내기 위하여 밤에는 곡식을 땅에 파묻기도 하고 과수원에 내다 눈에 띄지 않게 덮어 놓기도 한다.

유기그릇도 마찬가지다. 놋그릇, 쇠붙이는 모조리 수거하며 숟가락 몽당이도 전부 앗아가니 집에 쇠붙이라고는 없다.

매일 면서기와 순사가 동행하며 이 마을, 저 마을 수시로 돌아다닌다.

각 집을 돌면서 여기저기 뒤져보기도 하고 방문을 열어 보기도 하고, 땅바닥을 쿵쿵 밟고 쇠막대기로 쑤시어 보기도 한다.

어떤 어른들은 이런 꼴을 보니 "말세가 오나 보다." "사람이 숨통이 막혀 살 수가 있나?" 일본 놈들이 더욱 심하게 목을 조여 오는 것을 보고 어떤 어른들은 "일본 놈 망할 날이 얼마 남지 않은 모양이다."

드러내놓고 하는 이야기가 어린 우리에게도 들려온다.

하기야 이렇게 못 살게 할 수가 있겠습니까!

내 땅에 내가 농사지어도 다른 사람의 눈치를 봐야 하고 곡식을 묻는다, 덮는다 해서야 되겠습니까!

사람 생활이란 선善에 바탕을 두고 살아야 하는데 선이 없는 침략은 망할 수밖에 없다.

오…… 8월 15일!

미군이 히로시마 나가사키에 원자탄을 투하하였다는 소문 난 8월 라디오는 연일 동포의 귀를 어지럽게 하였다.

8월 1일, 2일, 3일 시간이 가고 날이 가더니 15일 아침의 일이다.

사과밭 농약을 뿌리고 집에 돌아오는 길이었다.

동네 쪽에 징, 꽹과리, 북소리가 야단스럽게 들린다.

"이상하다."

라디오 하나 없는 우리 집은 정보가 늦을 수밖에 없다.

하기야 우리 집에만 라디오가 없는 것은 아니다.

한동네 두세 집에나 라디오가 있을까 말까 한 것이 그 당시 동네의 현실이다.

"아버지, 무슨 일이 일어났는지 동네 한번 가보겠습니다."

하고 성수는 마을로 달려간다.

성수네 집은 마을로부터 150m쯤 떨어져 있어 무엇이든지 정보가 늦은 편이다. 성수네 동네는 논농사도 농사이거니와 밭농사가 많은 비중을 차지한다.

허겁지겁 마음이 급하여 원래 길로 가지 않고 집과 마을 사이로 난 밭길을 가로지르기 시작한다.

가시 울타리를 넘고 밭이랑을 건너 마구 뛰기 시작한다.

소리 나는 곳으로 죽으라고 달린다.

"대한 독립 만세" "대한 독립 만세"

마을 한가운데 서당마당인 듯하다.

"이게 웬일이냐, 독립만세라! 독립이란 것이 무엇이냐?"

더욱 빨라지는 성수의 맥박이다.

서당 마당에 이르자 벌써 40여 명이 모여 농악을 울리고 독립 만세를 외치며

"해방, 해방, 해방 만세……"

글깨나 아는 동네 어른들은 전부 나온 모양이다. 동수, 재도, 희태 동무들도 나와서 춤을 추고, 북을 치고, 징을 치고 하며 군무가 형성되고 있었다.

동네 라디오는 전부 한자리에 모였다.

직, 직 소리 나는 것 꽥꽥 악을 쓰는 라디오도 모였다.

이 광경을 보지 않은 사람은 짐작하지 못할 것이다.

소련군이 두만강을 건너 경흥 일대로 진격하였다는 소문이 어제, 그제 같은 데 일본 천왕의 무조건 항복, 무조건 항복이란 소리가 라디오를 타고 시간, 시간 절규하니 만세 소리가 끊어지지 않는다.

25일 소련군은 평양에 주둔하며 사령부를 설치하고 미군 일부는 인천 상륙을 한다는 방송도 있다.

20일부터 재일 조선 동포 일진이 귀국한다는 소식도 들려 준다.

동네에는 오늘도 내일도 며칠을 두고 떠들썩하다.

어디서 나왔는지 태극기도 선을 보인다.

하루하루가 다르게 태극기 물결이 늘어간다.

작년에 친구들과 철길 옆 묘에서 본 듯한 태극형이다.

누구보다 성수가 더욱 신이 났다.

그렇게 왜놈에게 시달려 학교마저 포기하고 있던 성수에게는 진실로 해방이었다. 몸도 마음도 해방이다.

면 소재지에도 군 소재지에도 큰 동네는 마을마다 연일 잔치가 벌어지고 집집이 태극기를 달았다.

"이게 웬일입니까!"

기쁨도 잠시 미소 양군이 북위 38도를 경계로 3·8선이란 것을 그어 남쪽은 미군, 북쪽은 소련군이 점령한다는 발표가 있다.

우리 민족의 뜻과는 아무 관계 없이 그네들 마음대로 이쪽은 내가 저쪽은 네가 차지하고 땅을 쪼개 먹기 시작한다.

통곡할 노릇이다. '힘없는 이민족, 또다시 사슬에 묶이는 격이 되는구나!' 성수는 해방이 너무도 좋았는데……

청천벽력晴天霹靂이 이런 것을 두고 하는 말인가 보다!

해방에서부터

1945년 8월 15일 해방의 날이다.

대한민국 만세, 해방 만세 전국을 발칵 뒤집어 놓은 해방
이다. 태극기 곳곳에 걸리고 동네마다 연일 꽹과리, 징, 북,
장구 천지를 진동한다. 해외에 있는 우리 동포들도 귀국하기
시작하고 애국 동포도 돌아온다고 한다.

꿈에 없던 3·8선이 그어지고 이 나라 이 땅은 북쪽에는 소
련이 먹고, 남쪽은 미군이 차지하고 나라는 두 동강이가 나
는가 보다.

경성을 서울로 하고, 광주학생 사건을 학생의 날로 결정하
는 등 제 것을 찾기 위한 노력도 한다.

이 땅을 짓밟던 왜놈들은 가진 것 버리고 혹은 평소에 종

노릇 잘하는 사람에게 이양하고 떠나는 놈 등 그것도 각색이다.

재중 임시정부 정통성을 인정하지 않아 일진인 김구, 김규식 선생 등이 개인자격個人資格으로 귀국했다고 했다.

가는 사람 오는 사람 나라 안팎이 분답하고 어수선하다.

성수는 소먹이 꼴을 베어 와서 작두에 썰고 있다. 저녁때였을까? 아버지는 사랑채 여물 솥에 불을 지피고 계시고, 어머님은 밥상 들고 방으로 들어가는 참이었다.

"성수야" 귀에 익은 목소리로 부르는 소리가 들린다.

수숫대 울타리 밖에서 들렸다. 곧 여물 썰던 손을 멈추고 울타리 쪽을 돌아봤다. 학교 반 친구들이다. 원수들이다. 해방되고 난 후부터 학교에 안 간 지도 벌써 30여 일이 넘으니 찾아온 것이다.

그간 학교는 조선사람 선생님으로 대치하는 과정이다.

장태식, 허상식이었다. 내가 제일 보기 싫은 아이들이다.

"왜 왔냐?" 결석이 길어서 찾아왔노라고 했다. 내일부터 학교에 나오라는 전갈이다.

본 지 오래고 보고 싶은 학교이나 집에 들어오라는 말 한 마디가 아쉽더라.

그네들은 담 밖에서 주춤대며 기다리고 나는 집 안쪽에서 마주 보며 대화는 시작된다.

나무 울타리가 안과 밖이라고 하지만 훤히 얼굴을 마주 볼 수 있고 손도 잡을 수 있는 곳이다.

"너희들이 여기까지 온 것은 고마우나 나는 학교에 가지 않겠다. 너희들은 마음에 담은 뜻에서 여기 온 것이 아니라 선생님의 심부름으로 온 것이지. 너희들은 면소재지에 있고 우리는 면소재지와 거리가 있다고 해서 갖은 구박을 했었지! 학교 늦으면 늦는다고 때리고, 겨울이면 얼은 귀 댕기고 했었지."

그러나 그네들은 듣고만 있을 뿐 말 한마디 하지 않는다.

"얼마 전까지만 해도 장태식 너는 나를 뭐로 봤나. 내가 얼마나 너 때문에 고생을 많이 했고, 벌도 많이 섰고, 걸상도 많이 들고, 총검술 할 때 약한 나를 얼마나 찍었었나. 퇴비니, 솔갱이니, 솔방울 등을 책임량을 채우지 못했다고 회초리로 많이도 때렸지. 이시쿠라石創선생先生에게 고자질하여 벌주게 했지. 눈물 머금고 벌서고 와 보니 정강이가 피멍 들고 그나마 견디다 못하여 토산土山으로 도망쳤다고 해서 주재소(지금의 파출소) 끌려가 어깨, 허리, 종아리 등 매 맞고 쓰러지던 꼴을 너희들은 봤지. 알고 있지. 그때 매 맞은 흔적이 아직 등어리, 종아리에 남아 있지 않느냐 봐라."

성수는 찬 초겨울도 잊은 듯 흥분에 못 이겨서 윗도리를 벗고 그네들 앞으로 등을 돌렸다. 다음 종아리를 걷어 올리고 다리를 높이 들어 올린다.

"봤느냐!"

감정이 극에 닿고 복수의 맥박이 분출하듯 칼을 쥐여주면 살인이라도 할 것 같다.

아버지와 어머님은 마당 가운데 정신없이 서서 성수가 핏대 높여 악에 받쳐 말하는 것을 달리 막을 길이 없어 바라만 보신다.

한 마디 말씀도 하지 아니 하시고 넋 없이 서 계신다. 성수는 더욱 열을 올린다.

"지금은 힘이 없다, 너네들을 위하여…… 인제 내 세상이 왔으니까 겨뤄 볼 날이 올 것이다. 그때는 총검 대련이 아니라 생生과 사死 양판이 될 것이다. 내가 너희들을 담밖에 세워놓고 구차하게 말하는 것은 예가 아니나, 내 마음이 용서하지 않는 것을 어떠하나. 내 집에 들여보내고 싶지 않다."

그네들은 선생님의 심부름으로 환상環上 2구까지 왔으나 내심은 사과의 뜻도 가지고 온 것 같다.

"성수야."

하고 그네들은 말한다.

"성수야, 너나 내가 무엇을 알고 살았냐. 일본놈 밑에 어쩔 수 없이 살다보니 나도 모르게 시키는 대로 하다 보니 그렇게 되었다. 너에게 죽을죄를 지었다. 오늘 여기까지 온 것은 강선생康先生님의 심부름도 심부름이지만 네가 벌써 4개월째 학교에 안 오니 학교에서 불러오라는 선생님의 말씀과 우리들도 너에게 사죄할 겸 왔다. 강선생님은 해방과 동시에 임시교사로 임명된 분이다. 비교적 자아를 판단할 줄 아는 선생님이시다. 지금 이 시간부터 마음을 풀어다오. 어찌겠나."

한참동안 말이 없더니 눈시울이 붉어간다.

그들도 담 밖에서 울고, 성수는 담 안쪽에서 울고 한참을 울고 서로의 얼굴을 마주보고 있는데 어머님이

"성수야, 오늘은 그만하고 그 아이들 갈 길이 멀지 않느냐, 그만 해둬라."

어머님 말씀이었다.

성수는 그네들을 돌려보내고 며칠이 지났다.

세상은 무엇이 무엇인지 알 수 없는 말들이 많다.

좌익이니 우익이니 하며 조금 시끄러워져 가고 가끔 충돌도 있다고 들린다.

우리네 동네에도 정문수鄭文洙 동네 형은 다른 사람과 조금 틀리다는 말이 오간다. 허나 우리들은 그때 그 말이 무슨 말

인지 알 수가 없다. 열세 살 위니까.

서울에서는 임시정부가 들어서고 탁치반대운동회가 결성되고 점령군 사령관으로 맥아더 장군이 취임됐다고 한다.

일본보다 독일이 먼저 항복하고, 그 명성 높던 히틀러가 자살하고, 동독과 서독으로 양분되었다 한다.

이때 벌써 국내에서는 이런 만담이 유행한다.

"미국을 믿지 말고, 소련에 속지 말자. 일본 일어난다. 조선아, 조심하라."

어른이나 철든 아이들이면 심상치 않게 중얼댄다.

나라의 형편과도 같이 유행하던 노래는 '가거라 3·8선아', '귀국선' 이때부터 한 많은 3·8선이 만들어지고 울분의 귀국선이 부두에 닿는 때라 그런지요.

1945년 12월이 지나고 46년의 해가 왔다. 옛날 같으면 양력설 하느니, 음력설이니 시비조의 설이어서 설 차림도 제대로 할 수 없었다.

이제 좋기는 좋다. 우리 쌀로써 이 밥 짓고, 떡하고, 갱엿, 식혜, 떡국, 밤, 대추, 고등어, 나물전 차릴 수 있고 세배도 마음대로 다닐 수 있다.

내가 지은 농사 내가 지은 곡식을 먹지 못하고 전부 공출로 뺏어갔고 오히려 만주에서 가져온 기름 뺀 콩찌꺼기가 밥상을 차지하던 때가 길었다. 메밥을 먹어볼 날은 제사 때나 있었을까요. 그래서 그런지 지금도 콩밥, 조밥은 먹기가 왜 이렇게 싫은지요. 보름이면 남들은 오곡밥을 농사밥 혹은 풍속의 일환으로 먹는데 나는 오곡밥을 먹지 않는다.

우리 집과 원原고향 마을은 약 10리(4㎞) 남짓 떨어져있다. 성수가 사는 마을은 경산군 하양면 환상동이고 고향 마을은 경산군 진량면 신상동라고 하는 이웃면이다.

환상동과 신상동과의 사이에 넓은 건흥들이 있어 상당한 거리다. 서로가 내왕하기 좋게끔 길이 만들어져 있지 않다. 고향 마을로 가려 하면 좋은 길로 돌아가야 한다.

설날이면 으레 우리 가족은 할아버지의 큰댁이 있는 신상동新上洞으로 차례 지내러 간다.

겨울철의 논들은 풀 한 포기 없는 삭막한 벌판이다. 벼 베고 남은 벼 뿌리가 온들 전부다.

원原길을 갈려면 멀리 앞 건흥동으로 돌아가야 하는데 얼어붙은 지름 겨울길은 논밭을 가로지르는 것이 최상이다.

10리 길 가는 들판에는 집이라고는 없다. 있다면 들판을 가로질러 흘러가는 원거랑遠川이라고 하는 강이 보통 지형보다 낮게 형성되어 있고 강이라고는 하나 넓지는 않고 논에 물을 이용하다가 버리는 물 혹은 장마철에 버리는 물이 모여 내려가는 강이다.

그러나 평평한 들판에 강줄기가 움푹 낮은 곳에 형성되어 있어 건널 때마다 낮에도 무섭기도 하다. 혹시 음침한 강에서 무엇이 나올 것 같다.

물줄기가 굽이치다 보니 둔덕이 생기고 크지 않은 평지平地도 생긴다.

물이 반쯤 언 강물에는 오리, 기러기, 고니 등 철새와 들새들이 강바닥에 모이를 쪼아 먹는다.

우리가 지나가려 하면 '퍼드득' 날갯짓을 하며 날아간다. 깜짝 놀라기도 하며 소름이 끼치고 머리끝이 선다.

설날이라 오랜만에 장롱에서 꺼내 입은 한복은 여러 갈래로 꾸겨져 있으나 두루마기와 같이 입고 대님을 매고 검은 고무신을 신었다.

모양은 없으나 우리들은 신이 났다. 먼지가 풀썩 일어나는 벼갈대기를 차며 고향 마을로 가까이 간다.

고향 마을에는 70여 호의 시골 마을이라도 면소재지에서 800m 가량 거리를 두고 있는 마을이라 깨끗하다.

할아버지의 큰댁은 비교적 낮은 골짝에 넓은 과수원 농사를 하고 계시고 할아버지의 동생 즉 성수에게는 종조부님 댁은 마을 한가운데 있다.

8촌 내외가 같은 마을에 사는 이 동네는 인천仁川 채씨蔡氏가 문중을 이루고 산다. 재실이 마을 한가운데 있고, 좌우에 재실을 보호하듯 옹기종기 모여 산다.

뒤쪽은 토산 연못이란 못이 있고, 앞과 좌우는 나지막한 산으로 둘러싸여 있는 속칭 안골이다. 흔히 안골 채씨라고도 부른다.

큰댁에 제일 먼저 차례가 시작하여 그다음은 작은댁으로 차례를 지내다 보면 설날 마지막 제사는 오후 3시경에 끝이 난다.

제사가 끝나면 먼저 동네어른에게 세배를 드리고, 앞산 여기저기 윗대 어른이 모셔진 산소를 찾아본다.

차례와 세배가 끝나면 동네 이집 저집 돌아가며 윷놀이도 하고, 닭장에 닭도 잡아먹고, 진경도 놀이도 하며 제기차기, 연날리기도 한다.

해방이 되고 처음 맞이하는 설날이라 즐겁기는 하지만 일본놈들이 걷어간 지 얼마 되지 않아서 차린 것은 그리 많지 않다.

그러나 마음만은 몇 배 즐겁고 사람마다 밝은 얼굴이며

갓 쓰고 흰 두루마기 입은 우리네 백의민족白衣民族 그대로다. 순하고 착하다. 티가 없다.

서로가 "과세 안녕하십니까?" 무릎을 반쯤 꾸부리고 오리 엉덩이 같이 약간 뒤로 빼고 손에는 긴 담뱃대를 들고 만나는 사람마다 인사를 한다.

잘 먹지 못해도 잘 입지 못해도 해방이다. 정신적 해방이다. 해방의 첫 설날이다.

사진만 보고 결혼하셨다는 셋째 숙모님이 일본에서 혼자 돌아오셨다. 셋째 삼촌은 살림을 정리하고 오시느라 늦는다고 하셨다. 셋째 삼촌은 긴 세월 일본에서 생활하셨다.

성수도 알 수 없는 때에 돈벌이하러 일본, 거기에서 발동기發動機로 정미하는 기술을 가지고 계신다는 이야기를 들었다.

귀국하셔도 선화동仙花洞에서 정미업을 하고 계셨다.

4마력, 5마력 하며 돌아가는 발동기 모양이 신기하다, 흥미롭다.

통통 싯쿵싯쿵 하고 발동기가 돌아가면 정미기는 별도로 벨트에 연결되어 돌아간다. 통통 하는 소리가 동네를 시끄럽게 하고 아이들을 불러 모은다.

해방이 되었다고 좋다고 하였더니 지긋지긋한 좌익 우익이 웬 말이며 공산당이 무엇이냐. 동네마다 밤손님이 온다 간다 하니 나라 꼴이 말이 아니다.

신탁운동이니 반탁운동이니 하며 지방보다 서울이 야단스럽다.

1946년 1월은 조선공산당 박헌영이 반탁한다더니 탁치로 돌아섰다는 달이기도 하다.

국방경비대가 창설되고 이승만계(독촉)와 반탁동위의 임정계와 합동으로 대한독립촉성국민회를 결성하였으며, 북쪽에서는 평양에서 북조선임시인민위를 발족하였다. 위원장에 김일성, 부위원장에 김두봉이 되었다나!

봄이라고는 하나 2월의 추위는 살을 에는 듯하다.

성수는 학교에 가느냐 아니면 한문 공부를 하느냐 기로에 섰다. 군청에서는 하양 면소재지와 환상동까지 거리가 멀다 하여 환상동環上洞에 학교를 하나 짓는다는 소문도 있고 해서 하주국민학교는 다니지 않는 것이 좋을지 격물치지格物致知를 못한지라 마음이 중천中天에 떠 있다.

하양학교에서 몇 번이고 사람을 시켜서 통지가 와도 성수는 거절했다.

해는 중천에 떴고 화살은 날아 가버린 것과 같이 해방은 왔건만 어린 마음 둘 곳이 없다.

둘째 삼촌(작은집)네 댁은 고령에서 사시다가 우리집 고방채에 이사 오고 나와 1살 차이 나는 주수周洙 사촌은 형제 같이 살았다.

성수네는 금호강 유역인 사열나들에 약 5,000평의 밭과 숲이 있다.

이 밭에는 아버지와 성수의 오랜 인연이 있는 밭이다.

강기슭에 위치한 밭은 여름 홍수가 나면 물에 잠기기도 하고 비가 오지 않으면 우물을 파서 밭 여기저기 나누어주기도 한다.

홍수가 나면 자란 곡식들은 다 떠내려가든지 않으면 옆으로 쓰러져 걷어드릴 것이 없어진다. 홍수가 나지 않고 비가 때 맞추어 자주 와 주면 이 집은 풍년이 든다고 한다.

홍수가 쓸고 간 자국의 곡식은 먼지투성이다.

이제 밭 내력을 말해볼까 한다.

어느 해 몇 년 하는 것은 알 수 없어도 생각나는 대로 적어보면 다음과 같다.

내가 어릴 때인 일제 강점기에 박하풀을 재배하여 기름을 짠 적이 있다.

박하는 특성상 향이 진하다. 박하향은 공업 원료로 쓰기도 하고, 식용(과자류 등), 약용에도 쓴다. 박하기름을 짜면 일본 놈들이 대부분 사간다.

그다음으로 기억나는 것은 뽕나무다. 뽕나무를 심어 그 잎으로 누에(양잠)를 많이 길렀다.

창고에서 1년에 봄누에, 가을누에 두 번을 기르는 누에는 동네분 몇 사람의 놉(머슴 또는 품팔이꾼)으로 뽕잎을 따서 가마니 혹은 마대에 담아 집에 가지고 온다. 누에 창고에는 아래층, 위층 두 층으로 잠바를 얹어놓고 있다.

아래층 위층 잠바에 뽕잎을 주면서 아래, 위를 교대시키면서 뽕잎을 준다. 아래, 위의 온도차 때문이다. 성수는 한순간도 놓지 않고 누에 먹이에 열중하며 밭일도 제법이다.

누에똥은 소의 먹이가 되기 때문에 매일 같이 2번씩 털어서 소죽솥으로 옮긴다.

누에가 자라 하얀 고치가 되면 시장으로 가는가 하면 집에서 명주실을 뽑아 그 실로 베를 짜기도 한다.

박하풀이나 뽕나무는 그 뿌리가 억세어 밭의 지기地氣를 너무 많이 빨기 때문에 땅이 황폐하게 된다고 한다. 그래서 이것을 뽑아버리고 그곳에 능금나무를 심었다.

능금나무 심을 자리를 고르게 맞추기 위하여 나는 새끼줄을 가지고 여기저기 옮겨 다니고 아버지는 일정한 곳마다 능금나무 심을 구덩이를 표시한다.

엄하기로 소문나신 아버지는 조금만 잘못해도

"이 자식아, 밥 팔아서 똥 사 먹으라. 그것도 못하냐. 한번

해보면 알 것이지!"

화를 내신다.

그때 불과 9살밖에 안 되는 성수를 아버지는 큰 어른과 같이 생각하시는 건가 봐요. 아버지가 이 자식 저 자식 하는 사이 해가 몇 번 자고 솟고 하더니 5,000여 평의 과수원이 이루어졌다.

줄지어 서 있는 유목과수원은 보기도 좋다. 울타리에는 탱자나무를 심고 탱자나무 울타리 안쪽에는 따라가면서 감나무도 심었다.

능금나무 사이사이에는 보리, 콩, 팥, 참깨 등을 심었다.

아직 능금나무가 어리기 때문에 간작間作을 하지 않을 수 없다.

넓은 밭이라 한 품종이라도 다른 사람이 전업으로 하는 품종보다 양이 많다.

어느 한해의 가을 팥걷이였다. 넓은 마당에 타작한 팥이 뒤주로 하나였다. 한 뒤주라면 말(斗)로 5석 말이 1가마이고 2가마가 1섬이다. 10섬 정도가 한 뒤주라고들 한다. 양이 얼마나 되는지 짐작이 갈 것이다.

팥죽은 1되면 춘분에 한 되, 1말(斗)이면 떡 해먹고 이웃에 나누어주어도 충분하다.

가을마당에 팥 뒤주가 서 있는 집은 우리밖에 없었다.

가을이 끝나고 겨울이 들어설 무렵 아버지는 소달구지에 팥을 싣고 오일장으로 팔러 간다.

한 번에 1섬(2가마) 정도 싣고 시장으로 가면 됫박 멍석* 아저씨가 여기저기에서 "여기 오시오. 저기 오시오." 하며 부른다.

우리 소고삐를 먼저 잡는 사람이 자기 멍석에 갖다 붓게 되어있는가 봐요.

이렇게 오일장에 내다판 돈으로 품삯과 집안 식구 용돈으로 쓰였다.

해방 전이야 엄두도 못 낼 일이다.

해방이 되고 몇 달이 안 되어도 국민들은 제나라를 찾은 기쁨에 농사는 농사, 상공은 상공대로 활발하다.

농사짓는 사람들은 더욱 열심히 논밭을 일구고 내 것이라는 자부에 희망과 포부를 가지고 일을 한다.

다음 해 삼월이 오고 사월이 되니 국경國慶에 관한 국사國事도 찾고 나라 위한 모임도 활발하다.

그중에 뼈아픈 일도 벌어졌다. 1946년 3·1절 기념행사다.

우익 진영은 서울운동장에서 행사를 하고 좌익 진영은 남산공원서 행사했다고 한다. 4월에는 이승만 박사, 김구 선생이 주도한 대한민주청년동맹이 결성되고, 5월에는 국군정예군의 모체인 국방경비사관학교가 창설되었다.

맥수지탄麥秀之嘆의 한도 풀리기 전에 나라 안에는 꼴불견 사건들이 일어난다. 위폐사건이 그것이다.

부산에서는 콜레라가 창궐하여 시민의 희생이 많다더니 전국으로 확산되기 시작하였다 한다. 그때 콜레라로 희생된 사람이 11,000명이나 된다고 하니 과연 무서운 병인 모양이다.

내가 살고 있는 시골 환상동에도 몇 명의 희생자를 내어 원거랑(遠川) 한 곳에서 화장하는 연기를 보고 씁쓸한 마음을 가졌다.

콜레라가 발생한 마을에는 금기 줄을 치고 내왕하지 못하게 하였다. 경산과 하양을 왕래하는 지방도에는 사람 하나 움직이는 이가 없는 것 같았다. 유월 모내기가 한창일 지금 마을마다 속앓이를 하고 있다. 개중에는 이래 죽으나 저래 죽으나 모심기는 해야 한다며 모판에 나가는 이들도 있었다.

아버지와 나는 퇴비를 장만하기 위하여 긴 대나무 장대에 낫을 묶어 소달구지를 끌고 강가 밭으로 갔다. 강기슭에 자리 잡고 있는 밭은 한여름이면 홍수 때문에 밭 위쪽 즉 강물이 흘러오는 쪽에는 아버지가 심혈을 기울여 조림하신 버

드나무(포플러) 숲이 우거져있다. 이 숲이 아니면 밭은 완전히 유실되고 없었을 것이다. 이 숲 때문에 우리 집은 동네에서 비교적 잘 사는 편에 속한다. 그뿐만 아니라 시원한 숲에는 항상 동네 천렵川獵의 좋은 장소를 제공하기도 한다. 여름이면 여름, 가을이면 가을 어린아이들도 끊이지 않는 그 시대의 좋은 놀이터다. 홍수에 떠내려온 흙으로 이루어진 버들 숲은 하늘 높이 솟아 있고 나무와 나무 사이에는 부드러운 흰 모래와 곳에 따라 소풀(부추)라는 풀이 무성하다. 모래가 쌓인 곳에는 어김없이 동네 아이들의 씨름판이 되고 풀이 무성한 곳에는 고삐를 길게 한 소말뚝이 박혀있다. 아침에 내다 놓은 소는 몇 번의 말뚝을 옮겨줄 뿐 저녁때가 되어야 집으로 돌아간다.

우거진 숲의 나뭇가지는 논농사에 뿐만 아니라 밭에도 유용한 퇴비가 된다.

땅바닥에 있는 풀은 낫으로 베고 나뭇가지는 손이 닿는 곳 높이까지 낫으로 자르지만, 손이 닿지 않는 곳까지는 준비한 장대로 가지치기를 한다. 아버님이 한 나무 한 나무 돌아가며 장대로 훑어놓으면 우리들은 주어서 단으로 묶는다. 그늘에 쉬다가 일하다가 이웃 밭에 있는 과일도 따 먹고 멱감기도 하다 보면 어느덧 흘러가는 강물 따라 해가 사라진다.

소달구지에 걸어 실은 나뭇가지와 풀은 넓은 집 마당에 쌓아 썩히기 시작한다.

면소재지와의 거리가 멀다 하여 환상동 뒤에 화성花城국민학교가 신축하기 시작했다. 정지整地하고 기초공사도 시작했는데 성수는 여태 우왕좌왕하느라 학교 문제를 결정짓지 못하고 있는 터라 한편으로 반갑기도 하고 한편으로 다른 사람보다 늦어지는 데는 고민도 많이 했다. 어린 몸에 힘들게 학교생활을 시작하자니 쉬이 판단이 나지 않는다. 그것도 그런 것이지 형님은 외지에 나가 계시고 아버님이나 할아버지는 한학漢學을 했기 때문에 천자문千字文 책이나, 명심보감明心寶鑑, 동몽선습童蒙先習 등 한문만 주장하고 계시기 때문에 마음고생은 더 컸던 것이다. 또한, 여자들은 공부시키지 않는 시절이다.

집 뒤로 흐르는 수리 도랑을 타고 쭉 가면 신축하는 화성花城학교가 있는데 성수는 시간 나면 몇 번이고 학교를 찾아가 건물이 들어서고, 운동장을 넓게 만들어 지는 것을 보고, 또 후배들이 중학교 간다고 하는 것을 보니 눈물이 났다.

우리글, 우리말 찾은 해방인데 나에게는 희망과 시련을 함께 주는 불안의 때였다. 망설이다가 다른 또래보다 늦으나마 화성학교에 들어갔다. 그래저래 격동을 겪은 성수는 중학

교, 고등학교, 대학까지 오늘에 이르니 해방의 큰 선물이지
만 철없는 나에게는 혼란과 감격이 너무 컸다.

*뒷박 멍석: 시장에 중개상들이 자기의 멍석에 부어 말로 되어 중개해주고
수수료로 멍석에 남은 것을 갖는 사람

2014/10/30 10:35 AM

강원 남애리 해수욕장

2014/10/29 10:35 AM

삼척항

섬진강 매화마을

강원 고성

여주에서

섬진강에서

서울 안양천

강원도 우정청 수련관

고향 선상 벌초

섬진강 하야 유원지

2008/09/03 11:44

청와대 방문

복지관 한문교실

시 · 수필 · 소설집

네 모습 그대로

채성수 지음

발행처 · 도서출판 **책마루**

발행인 · 박영봉

편집고문 · 김가배

편집 · 김성배 | 박혜숙

등록 · 2009년 1월 2일 제389-2009-000001호

2016년 1월 1일 초판 1쇄 발행

공급처 · 가나북스(☎031-408-8811)

주소 422-240 경기도 부천시 소사구 심곡본동 539-9 (3층)

대표전화 070-8774-3777

010-2211-8361

팩스 032-652-7550

http://cafe.daum.net/chaekmaru

E-mail · seepos@hanmail.net

ISBN · 978-89-97515-23-3(03800)